KB114542

HUNTER MOON

헌터문

FUSION FANTASTIC STORY

이훈 장편 소설

헌터문 4

이훈 장편 소설

초판 1쇄 찍은 날 § 2014년 2월 6일
초판 1쇄 펴낸 날 § 2014년 2월 13일

지은이 § 이훈
펴낸이 § 서경석

편집부장 § 권태완
편집책임 § 박은정

펴낸곳 § 도서출판 청어람
등록번호 § 제1081-1-89호
등록일자 § 1999. 5. 31
어람번호 § 제1-1771호

주소 § 경기도 부천시 원미구 심곡2동 163-2 서경B/D 3F (우) 420-822
전화 § 032-656-4452팩스 § 032-656-4453
http://www.chungeoram.com
E-mail § chungeorambook@daum.net

ISBN 978-89-251-3705-6 04810
ISBN 978-89-251-3430-7 (세트)

HUNTER MOON

이훈 장편 소설

헌터문

4

[완결]

도서출판 청어람

CONTENTS

Chapter 1

천공익의 힘

뒤에 귀인요력을 잇게 된 이린과 봉마차력의 보유자인 북한군 털보장교가 도착한 것도 모른 채, 은창은 자신이 가장 사랑하는 사람들을 상처 입히고 죽이려 했던 시빌라의 진과 그 수하들에게 맹렬한 적개심을 불태우고 있었다.

"하아앗!"

은창의 뒤에서 빛의 가루를 뿌리고 있던 날개가 크게 홰를 치고, 은창은 무시무시한 속도로 날아가 진에게 쇄도했다.

그 기세가 어찌나 맹렬한지!

은창이 날아가자 밑의 땅이 파이고, 바람이 미친 듯 불었다. 심상치 않은 느낌에, 진의 부하 중 가장 충성심이 강하고 우직한 돌마귀가 반만 남은 몸으로 은창을 막아섰다.

"크와아아아!"

그걸 본 은창의 눈에 불이 튀었다.

"감히! 조무래기는 비켜!"

허리, 어깨, 팔꿈치에 금양보력을 집중시켜 주먹의 가속도를 최대한으로 이끌어낸다.

그리고 돌마귀의 몸에 주먹이 부딪치는 순간, 주먹 끝에 금양보력을 집중!

꽈과과광!

"그어어?"

부서지는 자신의 몸을 보며 돌마귀가 당황하고, 곧 '일격'에 의하여 돌마귀의 몸 전체가 가루처럼 부서졌다.

크아아아아!

마귀가 내뱉는 단말마가 울려 퍼지고. 돌마귀는 그렇게 소멸되었다.

비록 평소의 절반가량으로 약화된 상태라고는 하나, 은창이 한 방으로 돌마귀를 박살 내니 진과 그 부하 마귀들은 물론이요, 지켜보던 은수와 소영도 깜짝 놀랐다.

하지만 돌마귀 탓에 은창의 빠른 전진이 주춤하게 되었고, 여성형 마귀와 안경마귀가 틈을 놓치지 않고 또 은창에게 달려들었다.

"귀찮게! 그래, 너희부터 처리해 줄게!"

은창이 그렇게 소리친 순간, 털보 북한 장교가 갑자기 안경마귀의 앞에 불쑥 나타나며 말했다.

"거, 동무. 기래 혼자 독식해서 되갔어? 이놈은, 내 공으로 해달라우!"

다음 순간, 북한 장교의 눈동자가 검게 물들더니 송곳니가 삐죽하고 생겨났다.

"죽여 주갔어, 더러운 마귀 에미나이들!"

그리고 이번엔 또 다솔이 여성형 마귀의 앞에서 불쑥 나타났다. 손에 반 토막 난 검을 두 자루 들고 말이다.

"저년은 나에게 맡겨! 망할 년, 끝장을 보고 말겠어!"

소영의 목소리를 들으며 은창은 고개를 끄덕였다.

그리고 이때. 갑자기 하늘 위로 묵빛 막이 크게 생성되어 전장 주변을 넓게 덮었다.

"은창! 마음대로 날 뛰어도 좋다! 내가 막아주마."

바로 은수가 펼친 진법이었다.

은창이 은수를 보며 고개를 끄덕이고, 이번엔 이린이 자신도 질 수 없다는 듯 소리쳤다.

“다치시면 제가 바로 치유할게요!”

마음이 든든해진 은창은 이글거리는 눈빛으로 시빌라의 진을 쳐다봤다.

“시작할까?”

진이 은창을 무섭게 노려봤다.

“하룻강아지 범 무서운 줄 모른다더니!”

“내가 하룻강아지란 건 맞아! 하지만 네가 범이란 건 틀려!”

“이 노오오옴!”

은창과 진의 주먹이 서로 맞부딪쳤다.

꽈아아아아앙!

무슨 다이너마이트가 터지는 폭음이 울려 퍼지고, 땅이 뒤흔들렸다.

은창의 주먹을 받았던 진의 주먹. 그 팔이 갑자기 갈라지고 터지며 검은 피가 튀었다.

퍼퍼퍽!

“큭?”

놀라는 진과 달리 은창은 여유로운 표정으로 말했다.

“뭐야 너. 별거 아닌데? 덩치만 크잖아?”

지금 은창은 금양보력을 최대한으로 사용하던 때처럼 근육을 부풀린 상태도 아니다. 그저 평소처럼 호리호리한 체격을 유지하고 있을 뿐이다.

진의 팔에 생긴 부상은 그가 한차례 힘을 줌으로 사라졌다. 하지만 자존심의 상처는 그렇게 사라지지 못했다.

"죽여주마, 하찮은 인간!"

비록 첫 격돌에서 자신이 손해를 봤지만, 진은 은창이 자신보다 셀 것이라 생각하지 않았다.

말도 안 되는 이야기가 아닌가?

한낱 인간, 그것도 저리 어린 꼬마가! 시빌라의 진보다 강하다니 말이다.

진이 분노에 휩싸여 은창에게 달려가고, 은창은 날개를 움직였다.

스스슷—

마치 분신술을 쓰듯 몸이 여러 개로 나뉘며 움직이는 은창! 진의 공격을 손쉽게 피한 뒤 진의 후방에서 나타나 하이킥을 날린다.

"크!"

진은 가까스로 은창이 뒤에서 나타남을 느끼고 턴하여 공격을 막았지만, 급한 마음에 한 것이라 제대로 되지 못하고 상당한 타격을 받게 되었다.

상체가 크게 휘청하는 진에게 은창의 공격이 연계하여 이어졌다.

번개같이 빠른 원투펀치와 이어지는 어퍼컷, 엘보우 어택과 니킥이 지근거리에서 갖가지 형태로 진에게 쏟아졌다. 속사포 같은 공격이지만 하나하나의 위력도 결코 무시 못할 수준이라, 진은 계속하여 뒷걸음질 칠 수밖에 없었다.

진은 물론 강자이다.

귀계 내에서도 유명할 정도로 말이다.

하지만 지금 진은 아직 현계의 귀계화가 본격적으로 시작하기 전에 현신한 것이라 본신의 힘을 100% 발휘할 수가 없으며 천공익을 얻은 은창의 힘은, 그런 진을 현저히 뛰어넘고 있었다.

이사이, 소영은 여성형 마귀와 싸우며 놀라고 있었다. 자신은 물론이요, 다솔까지 상처가 모두 나은데다가 전투에 의한 피로마저도 싹 사라졌기 때문.

"역시 귀인요력! 대단한데?"

소영이 그렇게 말하며 양손을 앞으로 뻗으니 싸움 초기에 비하여서 조금도 약해지지 않은 무저영력이 나와 여성형 마귀의 전신을 압박했다.

"크읏?"

여성형 마귀, 진의 정부이자 왼팔인 클라리에의 움직임이 순간 둔해졌고, 다솔은 그 틈을 놓치지 않았다.

푸확!

다솔의 검에 잘린 클라리에의 팔이 바닥으로 떨어졌다.

하지만 클라리에쯤 되는 마귀라면 빠르게 팔을 회수하여 다시 갖다 대는 것만으로 팔을 붙일 수 있다.

"그렇게 놔둘 것 같아?"

어느새 손에 데저트 이글을 든 소영.

그녀가 팔을 주우려는 클라리에와 눈을 마주치고서 씩 웃더니, 바로 방아쇠를 당겼다.

불을 뿜는 50구경의 총구!

클라리에의 본체라면 그녀의 강력한 귀기에 의하여 큰 타격을 못 주었을 테지만, 본체와 떨어진 팔이라면 은수의 부적에 의하여 항마력을 얻은 50구경 탄환이 막대한 힘을 발할 수 있다.

꽈앙!

클라리에의 팔은 흔적도 남기지 못하고 산산조각 났다.

물론 클라리에는 자신의 귀기로 팔을 '재생' 하는 것도 가능하다. 하지만 그러면 귀기의 소모가 너무 크다. 특히 지금처럼 적과 싸우는 와중에, 그것도 평소에 비하여 귀기가 절반 이하로 내려간 상황에서 쓸 수는 없는 노릇이다.

크게 분노한 클라리에가 소영을 보며 괴성을 질렀다.

"키에에에엑!"

"어머 깜짝이야! 이게, 슬슬 본색을 드러내네?"

클라리에가 손톱을 1m가량이나 뽑은 상태로 소영을 목표하여 달렸지만, 어느새 그사이에 다솔이 나타났다.

무표정한 얼굴의 다솔이 검을 빗겨 들어 클라리에의 손톱을 막고, 그대로 흘리며 안으로 파고들어 배를 찔렀다.

푸욱—

클라리에의 배를 뚫은 검을 옆으로 비틀어 빼니, 그녀는 허리가 반쯤 잘려 옆으로 기우뚱하였다.

"키엑!"

고통의 비명과 함께 클라리에가 손톱을 휘둘렀지만, 다솔은 고개를 숙이는 것으로 쉽게 피한 뒤에 뒤로 물러나 소영의 옆을 지켰다.

이사이, 털보장교는 안경마귀와 싸우고 있었는데 이쪽도 역시 압도적으로 유리했다.

트럼프 카드들을 마치 부적처럼 날리며 싸우던 안경마귀에게 털보장교는 그야말로 상극에 가까운 스타일이었다. 멀리에서 만나 싸운다면 모를까, 지금처럼 가까운 거리에 있을 땐 도저히 이기기 힘들 정도.

"간나 새끼! 이, 썅간나! 뒤지라우!"

눈이 벌게진 털보장교의 몸은 계속해서 변화하는데, 상체가 점차 부풀어 오르고 송곳니가 튀어나오며 손과 손톱이 갈고리 모양으로 흉악스럽게 길어졌다.

꽈앙! 꽈아아앙!

그러면서 파워가 어찌나 증가했는지, 일격 일격이 산을 부술 듯하다.

파라라락, 착!

트럼프 카드들을 통하여 털보장교의 공격을 막기에만 급급하던 안경마귀가 이를 꽉 물더니 손에 들고 있던 만년필을 잡고 길게 빼어 지팡이처럼 만들더니 그것으로 자신의 앞 땅에 선을 그었다.

화르륵!

불길의 장벽이 올라오고, 그것이 털보장교를 뒤덮었다.

"크헉!?"

강력한 열기에 털보장교의 짐승과 같았던 털과 옷이 불타기 시작하고, 털보장교는 비명을 질렀다.

"크아아아아!"

그것을 지켜보며 승리를 생각한 안경마귀가 트럼프카드 다섯 장을 꺼냈다.

A, 2, 3, 4, 5의 숫자가 적힌 카드로 포커로 따지자면 스트레이트이다.

파파팟!

빠른 속도로 날아오는 카드들은 털보장교의 가슴을 정확히 노리고 있었고, 불길에 휩싸인 털보장교는 그걸 피할 여력도 없는 듯했다.

하지만 불꽃 속에서 털보장교가 입술을 비죽였다.

"조금, 뜨뜻한데기래?"

털보장교가 손을 뻗으니 안경마귀의 카드들은 그 손에 막혀 모조리 사라졌고 털보장교가 몸에 힘을 주며 기합을 한차례 내지르니 그를 휩싸고 있던 불길들이 한 번에 사라졌다.

"이제 그만하자우, 에미나이!"

털보장교의 주먹이 안경마귀의 얼굴을 강타했다.

"이, 이럴 수가……."

힘겹게 말을 내뱉는 진의 얼굴엔 패색이 완연했다.

사지 중에 성한 곳이라고는 하나도 없다. 은창의 무지막지한 공격에 의하여 다리가 터지고 팔이 짓이겨졌으며 복부엔 구멍이 뚫렸다.

이렇게 됐음에도 은창은 조금도 지친 기색 없이 처음과 같이 기세등등하니, 진은 자존심이 크게 상했다.

"내가, 내가 어찌 인간 따위에게…… 크윽, 이놈! 지금 네가 이기는 것이 정녕 실력 대 실력으로 하여 정당한 대결이라 생각하느냐?"

은창은 퉁명스럽게 말했다.

"그래서 뭐? 어쩌라고?"

"아직 이 현계는 내가 귀계의 모든 힘을 발휘할 준비가 되어 있지 않다! 앞으로 좀 더 시간이 흐르면 내 본신의 힘을 발휘할 수 있을 터! 하지만 네놈은 정정당당히 내 진짜 힘과 싸우는 것이 두려울 것이다. 그렇지 이 겁쟁이 인간 놈아?"

잠시 은창은 대답하지 않았다. 그저 눈을 동그랗게 뜬 채 진을 쳐다보다 어이없다는 투로 말했을 뿐이다.

"그래서, 지금 널 놔달라는 거야?"

단도직입적인 은창의 말에 진은 자존심이 상해 얼굴이 붉어지며 소리쳤다.

"네가 정말 스스로의 강함에 자신이 있다면, 내가 두렵지 않다면 이 승부를 뒤로 미루어야 옳은 것이다!"

"그게 왜 옳은 건데?"

"그야……."

은창이 진의 말을 끊으며 날았다.

"어쨌든, 싫어."

그가 얻은 날개, 비공익은 빛으로 이루어진 외형 그대로 속도 역시 섬광과 같다.

빠어억—!

은창의 발에 얻어맞은 진의 머리가 오른쪽으로 확 꺾였다. 인간으로 치자면 목뼈가 부러져 벌써 즉사했을 데미지다.

"끄으……."

진의 입에서 숨죽인 신음이 흘러나오고, 은창의 주먹이 복부를 강타했다.

쑤우우욱—

주먹이 배를 늘려, 등에 주먹 모양의 피부가 튀어나온 진이 상체를 새우처럼 구부렸고 은창이 다른 쪽 팔꿈치로 드러난 뒤통수를 강타했다.

퍼석!

진의 머리가 그대로 깨져 검은 피와 연기가 사방으로 터졌다.

하지만 진 정도 되는 마귀가 머리 하나 날아갔다고 소멸될 일은 없다. 은창은 계속하여 공격을 하며 말했다.

"형의 말을 빌리자면, 이건 이미 전쟁이라고. 난 전쟁에서 개인의 자존심과 겉멋을 부릴 정도로 감성이 예민하지도, 무개념도 아니란 말이지!"

채찍처럼 휘둘러진 은창의 발이 마치 예리한 커터 칼처럼 진의 허리를 지나갔다.

서걱—

몸이 양분된 진의 몸!

은창이 상체를 잡더니 들어 올렸다가 그대로 하체에 내리 꽂았다.

뻐어어엉!

무슨 폭탄이 터지는 것과 같은 소리가 울리고 무지막지하게 많은 양의 검은 마기와 마혈이 사방을 메웠다.

"크아아아, 커어!"

고통에 가득 찬 진의 비명이 사방으로 울리고, 털보장교에게 당하여 머리의 반이 날아가 있던 안경마귀가 진을 향해 기어가며 말했다.

"아, 안 돼. 안 된다…… 크윽. 그녀가 깨어나면……."

숨을 쉴 때마다 '크르르' 하며 맹수의 것과 같은 으르렁거림을 하고 있던 털보장교가 기어가던 안경마귀의 머리채를 휘어잡아 들어 올리며 말했다.

"이 썅 간나, 뭐 드래 지껄이는 기래?"

그런데 이런 반응은 안경마귀만 보이는 것이 아니었다. 여성형 마귀였던 클라리에 역시 겁에 질린 표정으로 말했다.

"그녀가 깨어나면 안 된다. 그녀가 나오면!"

클라리에가 진에게 달려가려 했지만 다솔과 소영이 놔줄 리 없었다.

"올 땐 마음대로여도 나갈 땐 아니야!"

다솔과 소영의 공격이 클라리에에게 다시 퍼부어졌고, 은창 역시 빨리 마무리 짓고 집에 돌아가고픈 마음에 끝장낼 마음으로 일격을 준비했다.

박수를 쳐 양손바닥을 하나로 합치더니, 거기에 자신의 금양보력을 최고조로 끌어올려 집중시켰다.

그오오오오—!

날개의 빛이 더욱 눈부시게 변해 가고, 은창의 양쪽 손바닥은 가운데에서 생성되는 무언가에 의하여 강제적으로 조금씩 벌어지기 시작했다.

주변의 공기가 은창의 손바닥을 중심으로 하여 회전하기 시작하더니 곧 회오리바람과 같이 변하였다.

손바닥 사이에서 나타나 계속하여 커지고 있는 건 시린 파란빛과 황금색이 혼재하는 동그란 광체!

그것이 일정 크기가 되었을 때, 은창이 마주보고 있던 양 손바닥을 앞으로 하며 팔을 쭉 뻗어 밀었다.

쏴와아아앙—!

공기를 헤집으며 날아가는 구체를 보며 소영은 넋이 나가 중얼거렸다.

"저거, 그거 맞지? 제요벽에서도 금양보력이 최고의 경지에 들어갔을 때에나 사용할 수 있다는, 멸마광환. 맞지?"

쿠과과과광!

구체의 진행방향에 따라 백사장이 반구 형태로 파이고, 바닷물 자체가 일순 사라졌다.

"후, 끝났네?"

진이 이미 죽었을 것이라 생각하여 소영이 그렇게 말하고,

은창 역시 손발을 탁탁 털었다.

"뭐 별로 힘들지 않았네."

이때 은수가 조용히 말했다.

"아니, 아직이다. 귀기가 아직 남아 있어."

안경마귀의 머리채를 쥐어 잡고 있던 털보장교 역시 거친 숨을 쉬며 말했다.

"크르…… 뭔가, 뭔가…… 아직 남아 있다. 크르르, 위험하다."

지금 은창은 자신감이 한창 최고조인 때였다. 하여 장난스레 웃으며 자신의 형과 털보장교를 돌아봤다.

"뭐야. 멸마광환을 맞은 이상, 이미 끝난 거야. 뭘 그리 겁먹고 있어?

푸컥!

"……어?"

피가 튀었다.

그리고 은창의 배를 뒤에서 찌르고 튀어나온, 마치 도마뱀의 꼬리 같은 무언가가 계속해서 꿈틀꿈틀거렸다.

"어머, 승리를 너무 빨리 맛본 거 아냐? 후훗."

그렇게 말하는 건, 매혹적으로 생긴 여성이었다.

등에 마치 박쥐, 아니, 악마의 것과 같은 가죽 날개가 펴져 있는 여성 마귀.

여성 마귀가 나타난 건 그야말로 순식간이었다.

진이 은창의 공격에 맞아서 사라지고 그 탓에 생긴 것으로 보였던 연기. 그 연기가 뭉쳐서 여성형 마귀가 나타난 건 0.00001초보다도 더 짧은 순간이었다.

사람이 물체를 보는 건, 그 물체에 반사되는 빛을 보는 것이다. 그렇다는 건 즉, 빛의 빠르기를 넘어가는 무언가가 있다면 사람이 눈으로 확인하기 전에 나타나고 사라질 수 있다.

지금 이 여성형 마귀가 그러했다.

"어…… 어어."

엄청난 고통!

얇은 칼이 살을 파고들어도 그 통증은 정신을 아득하게 할 정도로 심하다. 하물며 이렇게 두꺼운 것이 복부를 아예 관통하고 나와, 꿈틀거리고 있음에야.

내장이 끊어지고 피가 솟아 역류해, 은창이 피를 토했다.

은수, 소영, 이린은 전부 이 순간적인 참사에 움직임이 멎었다.

"뭐, 이게……."

털보장교가 그렇게 말하며 움직이려던 찰나, 그보다 먼저 움직인 이가 있었다.

잔상을 남길 정도로 빠르게 움직이는 누군가!

그리고 소영은 일순간 무저영력이 급속도로 빠져나가는

느낌에 몸을 휘청인다.

서걱!

날카로운 검에 잘려 은창의 복부에 꽂혀 있던 꼬리가 떨어졌다.

털썩.

다리에 힘이 풀린 은창이 한쪽 무릎을 꿇었다.

그리고 고개를 위로 올려, 자신을 구해 준 인물을 봤다.

바로 다솔이었다.

힘이 갑자기 빠져나가 미약한 현기증을 느꼈던 소영이 다솔을 보며 놀라 말했다.

"이럴 수가. 난 명령을 내리지 않았는데……?"

그녀의 중얼거림에 은수 역시 눈을 동그랗게 떴다.

그리고 이때 다솔은 눈에 걱정을 가득 담아, 눈망울엔 눈물까지 그렁그렁 매달려 은창을 내려다보고 있었다.

"괜…… 찮…… 아?"

말투가 어눌하다.

하지만 그 짧은 말을 하면서도 점차 발음이 또렷해졌고, 곧 흐리멍덩하던 눈빛조차 맑아졌다.

"괜찮냐고, 이 바보야!"

Chapter 2

다솔, 각성!

어느 순간부터 이상한 꿈을 꾸고 있었다.

자신은 평소라면 상상도 못할 힘을 발휘하며 소영과 함께 싸우는 꿈.

상대는, 요새 한창 문제가 되고 있는 존재들. 바로 마귀였다.

꿈은 시간이 지날수록 생생해져, 나중엔 현실과 구분하기도 힘들 정도가 되었으나, 자신의 마음대로 움직일 수 없단 점은 변하지 않았다.

그러던 중에 이상함을 느낄 수 있었다.

꽤 전부터 느껴오던, 간혹 자고 일어나면 피로하고 몸이 아프던 현상이 그 꿈을 꾸면 나타난다는 걸 어렴풋이 깨달아가면서 말이다.

이게 정말 꿈일까.

혹시 현실은 아닐까. 대체 무슨 일인 걸까. 몽유병이라도 걸린 건 아닐까.

고민했지만 결론은 내릴 수 없었고, 은창이나 소영에게 전화하여 물어보려 시도도 했었지만 그들은 마귀가 등장한 뒤로 바빠져 연락을 하기도 힘들었다.

그리고 오늘도 그 꿈을 꾸고 있었다.

꼭두각시처럼 소영의 말에 따라 싸우며, 자신의 의지와 다르게 움직이는 몸에서 정신만이 자신의 것인 기이한 꿈.

이번엔 소영뿐만이 아닌 은수도 함께였으며, 싸우게 된 상대도 굉장히 강력해 보였다.

힘든 싸움을 거듭하며, 이대로는 다들 당하고 말거라 생각하던 찰나.

나타났다.

은창이.

빛으로 이루어진 날개를 펄럭이며.

……은창의 등장으로 인하여 상황은 역전되었고 굉장히 쉽게 마귀들을 이길 것 같았다.

하지만 그러던 중. 충격적인 일이 벌어졌다.

시뻘건 피.

그 피가 은창의 가슴에서 솟구치고, 은창의 가슴을 관통하여 흉물스러운 꼬리가 꿈틀거리는 걸 본 순간.

다솔은 자신의 정신을 속박하고 있던 무언가 깨뜨렸다.

그리고 꿈은 현실이 되었다.

몸에 넘치는 힘을 기공으로 사용하여 양다리와 발바닥에 집중시키고, 그대로 뛰어 은창에게로 다가간 뒤, 일생에 단 한 번만이 가능할 것 같은 완벽한 일검으로 꼬리를 잘랐다.

그때까지만 해도 다솔은 아직 정신이 멍했다.

자신이 뭘 한 건지도 잘 이해가 되지 않았다.

하지만 하나는 확실히 알았다.

은창의 가슴에 커다란 구멍이 뚫렸다. 거기서 피를 쏟고 있다. 죽을지도 모른다!

그 생각만 하면 미칠 것 같았고, 자신이 죽을 것만 같다.

눈에 무언가 핑 돌더니 뜨거워졌고 다솔은 한쪽 무릎을 꿇고 있던 은창을 내려다보며 힘겹게 입을 열었다.

"괜…… 찮…… 아?"

스스로 말하고 자신의 목소리를 귀로 들으니 그제야 현실 감각이 모조리 깨어났다.

희뿌옇던 눈앞이 맑아지며 다솔은 소리쳤다.

"괜찮냐고, 이 바보야!"

마치 입장이 반대가 된 듯, 다솔을 멍한 눈으로 뒤돌아보고 있던 은창이 곧 입에서 피를 또 한 번 게워내며 말했다.

"너…… 너, 너 뭐야. 정신이 들었어?"

"그래, 뭐가 뭔지 모르겠지만! 그보다 너 지금 병원……."

거기까지 말했을 때 이린이 달려왔다.

"오빠! 은창 오빠, 괜찮아요?"

은창 오빠란 말에 놀란 다솔이 이린을 쳐다보니, 어딘가 낯익은 여자애였다.

잘려진 꼬리 때문인지 인상을 찡그리고 있던 의문의 여마귀가 자신이 무시당한단 생각이 들어 표정을 앙칼지게 바꾸며 말했다.

"흐응…… 이것들이 지금 나를 무시하고 있는 건가?"

그렇게 말하며 여마귀가 움직이려던 찰나.

다솔이 눈에 불을 켜며 입술을 곱씹고, 그대로 턴했다.

스앗—!

호선을 그리며 움직이는 다솔의 검!

속도에 놀란 여마귀가 급히 상체를 뒤로 빼서 검을 피했고, 다솔은 멈추지 않고 계속하여 공격했다.

"이 싸가지 없는 마귀 년아! 이 아줌마야! 감히, 감히 은창이를!"

검도의 최고수가 되면. 그야말로 꿈만 같은 경지에 오르면 한순간에 팔방을 벨 수 있다고 한다. 이름하야 팔방베기.

지금 다솔은 그마저도 뛰어넘어, 십육방베기라도 거뜬할 듯했다.

그녀가 엄청난 파상공세를 여마귀에게 퍼부을 때, 이린은 귀인요력을 사용하여 은창의 상처를 치유하고자 했다.

"어? 어어? 대…… 대체 왜 이러지?"

귀인요력의 힘이라면 소영과 은수, 다솔이 그랬던 것처럼 아무리 심하고 많은 상처라 해도 순식간에 나아야만 했다. 비록 배에 구멍이 뚫린 은창의 상처가 크다고는 해도 말이다.

"크윽, 괜찮아. 아마도 상처에서부터 전해져 오는 이 이상한 기운 때문인가 봐."

현재 은창의 상처에서는 검은 무언가가 꿈틀거리고 있었다.

그것은 바로 귀기.

귀인요력의 치유력을 막고 있는 것도 그것인 듯했다. 걱정하는 이린에게 고개를 한 번 끄덕여 자신은 괜찮다며 의사 표현한 은창이 부들거리는 다리로 일어나 여마귀와 싸우는 다솔을 뒤돌아봤다.

채챙— 채채채챙!

여마귀.

진이 사라지고 갑자기 나타난 그 여마귀는 마치 다이아몬드 같은 손톱을 길게 뺀 상태로 다솔을 상대하고 있었다.

훽— 휘익훽훽!

다솔의 속도는 엄청났고 이지를 되찾은 후 펼치는 검법 역시 단순한 꼭두각시였던 때에 비하여 훨씬 뛰어났으나 여마귀는 손톱을 자유자재로 활용하여 다솔의 공격을 효과적으로 방어했다.

검광이 사방을 가득 메우고 있을 때, 아직 살아 있던 클라리에가 다른 누구의 시야에서도 벗어나 은밀히 움직이더니 여마귀의 뒤에서 갑자기 나타나 손톱을 뻗었다.

푸컥!

클라리에의 다섯 손톱이 여마귀의 등을 뒤에서 꿰뚫었다.

"억?"

"어?"

놀람의 목소리들은 은창을 위시한 오대성력의 후계자들에게서 나왔다. 그들로서는 같은 마귀를 공격한 클라리에가 이해되지 않았다.

이때 외눈안경의 마귀도 돌발행동을 저질렀다.

휘리리릭!

트럼프 수십 장이 줄지어서 날아가 여마귀를 강타했다.

꽈과과과광!

끝없이 이어지는 폭음.

지금 공격에 남아 있던 모든 힘을 쏟아부은 클라리에와 외눈안경의 마귀가 숨을 가쁘게 몰아쉬며 여마귀의 상태를 살폈다.

그리고 연기가 사라졌을 때, 거기엔 여마귀가 겉만 살짝 그을린 상태로 아무 동요도 없이 서 있었다.

"킥…… 이런 쓰레기들이."

여마귀가 그렇게 중얼거린 순간, 그녀의 팔이 움직였다.

서걱!

클라리에의 목이 잘렸다.

여마귀가 머리통을 양손으로 붙잡더니 그대로 힘을 줘, 마치 귤을 강하게 움켜쥐어 터뜨리듯 머리를 터뜨렸다.

무섭게 몸을 경련하던 클라리에가 이내 축 늘어지고, 여마귀의 뾰족한 꼬리가 늘어나며 날아가 외눈안경 마귀의 복부를 관통했다.

"크헉!"

외눈안경 마귀가 피를 토하고, 지켜보던 털보장교가 말했다.

"뭐야, 이기 뭐이 어드래 되는 기래?"

외눈안경의 마귀가 꼬리를 붙잡고 이를 악물며, 검은 핏발 선 눈동자로 오대성력의 후계자들을 보며 저주를 퍼부었다.

“너희의 실수로 그녀가 깨어났으니, 너희 모두 여기서 살아남을 수는 없으리라.”

심상찮음을 느낀 은수가 물었다.

“그게 무슨 의미지? 그리고 너희의 보스는 어디로 간 것이냐?”

외눈안경 마귀가 쿡쿡대며 웃었다.

“눈앞에 두고도 알지 못하는군. ……그분께서 안에 억누르고 감추던 존재를 너희가 깨우고 말았다. 이제 그분도 저년에 의하여 소멸되겠지만, 너희도 그분과 함께 갈 것이다.”

마기가 급속도로 약해지기 시작했다. 은수는 아직 들을 것이 더 많다는 생각에 급히 다시 말했다.

“대체 무슨 말을 하는 것이냐! 놈의 속에 무언가가 봉인되어 있었단 뜻인가? 그리고 저 여마귀가 그것이고?”

이제 소멸하기 시작하던 외눈마귀가 내친김에 입을 더 열었다. 어차피 이들이 죽는 것은 기정사실이니, 자신들이 저지른 실수가 얼마나 큰 것인지 알려주고 싶은 마음이 들었던 것.

“내 주인의 이름은 진. 귀계 내에서도 이름이 드높은 시빌라의 진이시다. 주인님은 태어날 때부터 별개의 인격이 존재하는 이원귀(二元鬼)로서 귀계 내에서도 독보적인 힘을 지니고 계시지. 하지만 그 힘은…… 이원귀의 또 다른 인격이 몸을 차지했을 때 더욱 강해지지. 물론 그 인격은 파멸을 향하여 걷는 자이기에 자신의 마혼마저 불사르며 싸우게 되지만 말이다."

애기를 듣고 나니 안경마귀와 클라리에가 아까 그리도 자신들을 말렸던 것이 이해가 됐다. 또 다른 인격이 몸을 차지하면 결국 진이 소멸하고마니 그랬던 것.

서서히 연기로 변하여 소멸하며 안경마귀가 웃었다.

"모두 죽어라, 어리석은 놈들아."

이때쯤, 다솔의 움직임이 처음에 비하여 현저히 느려지고 있었다. 아까 소영의 무저영력을 한순간에 쭉 빨아감으로 얻었던 힘이 사라지고 있는 듯하다. 그것을 지켜보며 귀로 안경마귀의 말을 듣고 있던 은창이 금양보력을 상처 부위로 집중하여 살을 우겨넣었다.

배의 상처가 어설프게 봉합되어 더 이상 피는 흐르지 않게 되었다.

그 상태로 일어나며 은창이 말했다.

"신경 쓸 것 없어. 다 개소리거든."

안경마귀가 눈썹을 꿈틀거렸다.

그것을 보고 피식 웃은 은창이 다시 말했다.

"그렇잖아. 어차피 저 진이란 놈을 이기지 못하면 죽는 건 우리였어. 우리가 이겨서 저놈의 또 다른 인격이란 게 깨어나

든, 아니면 그 인격을 깨우지 못해서 우리가 지고 죽든, 똑같은 거잖아. 결국 우리는 둘 다 이겨야 된단 거야."

은창의 말을 듣고 있던 안경마귀가 이내 소멸되어 사라지고, 소영이 급히 달려와 은창의 어깨를 잡았다.

"짜식이, 어딜 일어나! 다시 쉬고 있어. 뭐하러 일어나!"

은창의 소영의 손을 잡아 어깨에서 떼며 말했다.

"괜찮아, 누나. 내가 모두 끝을 낼 테니까 말이야. ……지원을 부탁해. 형, 누나. 그리고 털보 아저씨, 이린이도."

말을 마침과 동시, 은창의 등에서 잠시 사라져 있던 빛의 날개가 생성되었다.

비공익이 빛을 뿌리니, 은창이 대기를 찢으며 날아 다솔의 앞을 가로막으며 팔을 위로 올렸다.

꽈앙!

은창의 팔에 여마귀, 진의 손톱이 가로막혔다.

"호오?"

배가 관통되었음에도 다시 달려온 은창이 놀라운 것일까 진이 감탄사를 내뱉고, 다솔은 기겁하여 소리쳤다.

"야! 너 뭐해? 왜 여기로 왔어! 빨리 비켜!"

그녀가 그리 소리친 순간, 은창이 그보다 더욱 크고도 단호한 목소리로 외쳤다.

"시끄러, 이 지지배야!"

다솔이 눈을 동그랗게 뜨며 벙어리가 되고, 은창은 다시 이어서 말했다.

"내가 지켜 줄 거야! 평생 너에게 보호받으며 살 것 같아? 이젠 내가 지켜! 내가 널 지킨다고!"

그렇게 말하며 은창이 손톱을 막고 있던 팔에 힘을 강하게 주어 튕겨내고, 다른 쪽 손으로 주먹을 쥐어 내질렀다.

콰콰쾅!

비록 막았지만, 은창의 주먹이 불러일으킨 권풍에 의하여 휩쓸린 진이 뒤로 날아갔다.

"그리고! 나 아직 안 죽었어. 배의 상처쯤이야!"

그가 소리친 순간, 한쪽에서 육중한 소리가 우르릉하며 울려 퍼졌다.

그그그그그—

백사장 한쪽에서부터 나타난 것은 무한궤도를 통해서 움직이는 육중한 동체. 바로 전차였다.

그것도 한국군의 최신형 전차이자, 전 세계 최강의 전차라고 불리는 K—2 흑표!

그것도 한 대가 아닌 네 대.

그 전차들의 포신이 진을 향하여 움직였고.

120㎜ 55구경장 주포가 불을 뿜었다.

꽈아앙!

반동으로 인하여 55톤에 달하는 무게의 쇳덩이가 크게 흔들렸다.

당연한 말이지만 이 흑표들은 은수의 현현주력에 의하여 움직이는 것들이고, 마귀들을 상대로도 그 파괴력을 고스란히 발휘할 수 있다.

전차의 포격은 멈추지 않고 끊임없이 이어졌고, 한 발 한 발에 맞을 때마다 진의 몸이 통째로 날아갔다.

하지만 그 정도로 진이 죽지 않을 것이란 건 누구나 알 수 있었다. 하여 소영은 무저영력을 사용하여 진의 전신을 붙잡고 놓치지 않았다.

그대로 허공에 띄워놓아 쏘기 좋은 표적을 만들어줬다.

꽈과과과과광!

"휘유! 무시무시하네."

은창이 그렇게 한마디 한 순간, 이젠 고깃덩어리와 다름이 없을 정도로 뭉개진 진이 갑자기 괴성을 질렀다.

크아아아아!

그러자 진의 주변으로 붉은빛의 투명한 원구가 생성되어 커지더니 전차의 포격을 모조리 막았다.

슈우욱—

더불어 하얀 연기가 뭉게뭉게 열게 생성되더니 진의 몸이 다시 재생되었다.

“이런 버러지들이!”

즈즈즉.

갑자기 진의 피부들이 기이한 소리를 내며 변화를 시작했다.

“에…… 다이아몬드?”

이린이 나지막이 말한 것처럼 진의 피부는 다이아몬드화되어 버렸다.

그 상태로 진이 움직이기 시작했다.

“모두 죽여 주마, 인간 놈들!”

다이아몬드화된 몸을 반짝거리며 정확히 소영을 향해 날아드는 진!

“에? 에엑!? 뭐야. 왜 하필 난데?”

그렇게 말하며 소영이 양손을 앞으로 뻗은 뒤 무저영력을 방출했다.

하지만 진의 돌파력은 상당히 강력하여 소영의 방해에도 불구하고 쾌속한 움직임을 지속했다.

“어이어이, 날 너무 무시하는데?”

그렇게 말하며 소영의 앞에 나타난 건 은창!

비공익의 속도로 진을 가로막은 것!

실로 전율적인 스피드였다.

"키아악!"

분에 찬 진이 다시 한 번 괴성을 지르며 전신에서 다이아몬드로 이루어진 가시를 방출하여 은창의 전신을 꿰뚫어 버리려 했다.

"흥!"

낮은 코웃음과 함께, 은창은 자신에게 쇄도하는 다이아몬드 가시들을 향해 손을 내밀었다.

옆으로 손바닥을 댄 뒤에 밀어 부러뜨리고, 주먹으로 받아쳐 깨뜨리고, 휘어감아 올려 중간을 뚝 부러뜨리고…….

갖가지 방법으로 다이아몬드 가시들을 무력화시키며 은창은 자신의 스피드를 십분 발휘하여 진의 바로 앞에까지 당도했다.

"아닛!?"

"너한테 당한 데가 많이 아파. 다솔이랑 형, 누나도 걱정하고 말이야. 그러니까, 빨리 끝내자!"

부아아아앙— 빠악!

주먹이 굉음을 내며 날아가 진의 광대를 강타했다.

"이 버러지 같은 인간 놈이!"

그렇게 외치며 진이 팔을 휘두르는데, 거기서 마치 크리스마스트리처럼 무수한 다이아몬드 가시가 솟아나왔다.

"할 줄 아는 말은 그것뿐이냐?"

말하며 은창은 가시들을 헤치며 진의 팔을 잡고, 그대로 꺾어버렸다.

뿌드득!

강렬한 소리와 함께 진의 팔이 그대로 비틀렸고, 은창은 그대로 뽑아버렸다.

"키아아악!"

진의 비명을 들으며 파고든 은창은 진의 몸통에서 가장 잡기 편한 곳을 잡았다.

큼지막한 가슴을 움켜잡은 뒤, 그대로 뜯어버렸다.

진이 다시 한 번 비명을 지르고, 은창은 건성건성 말했다.

"아차, 숙녀에게 실례를 했네. 미안하군?"

차차차창—

가슴이 뜯겨지며 무수히 많은 다이아몬드 조각이 떨어져 내리고, 은창은 진이 무릎으로 자신을 가격하려 할 때에 주먹을 꿀밤처럼 만들어 무릎을 튕겨내고, 다른 손으로 진의 머리채를 잡았다.

"빨리 끝내자?"

그리고 손에 금양보력을 집중시킨 뒤, 진의 머릿속에 강제적으로 쑤셔 넣었다.

키에에에엑!

마귀들의 전형적인 비명.

사람의 것으로 표현할 수 없는, 지옥 속에서나 흘러나올 만한 소리가 울려 퍼졌다.

냉정한 눈으로 진의 몸부림을 보던 은창은 곧 자신이 원하는 만큼 금양보력이 진의 몸속에 차올랐다 싶었을 때. 폭발시켰다.

빼버버버벙!

한번에 터지진 않았고, 상체부터 시작하여 머리까지 연쇄적으로 터져 나갔다.

그리고 그 어떤 단말마도 하지 못하고, 검은 연기로 화하여 사라졌다.

"흥. 별것도 아니었네."

은창이 그렇게 말하며 뒤돌아섰다.

그런 은창을 보며 이곳에 있던 사람들은 모두 아무 말을 하지 못했다. 마치 꿀 먹은 벙어리처럼 말이다.

그만큼 지금 은창이 보여준 강함은 실로 엄청난 것이었다.

"너…… 대체 무슨 일이 있었던 거냐?"

소영의 물음에 은창이 뒷머리를 긁적이며 말했다.

"그게 그러니깐 말이야."

Chapter 3

항마법승

"꺄아아아아악!"

갑작스러운 일에, 처음엔 비명이 저절로 터졌었다.

하지만 끝도 없는 그 어딘가로 떨어져 내리며, 끝없는 어둠 속으로 빠져들며 더는 비명도 나오지 않았다.

가슴을 옥죄는 두려움에 아무것도 할 수가 없었다.

그저 머릿속이 하얀 백지처럼 변할 뿐이다.

죽음을 직감했다.

이만큼이나 떨어지고 있다면 곧 죽을 것이다. 그럴 수밖에 없다.

이린의 눈에서 눈물이 왈칵 쏟아졌다.

'마지막으로, 마지막으로 얼굴을 한 번 더 봤으면 좋았을 걸.'

뜬금없이 그런 생각이 들며 은창이 떠올랐다.

그는 지금껏 이린이 만나 본 그 어떤 누구와도 달랐다. 겉멋 들고, 인기만을 좇으며 기회주의자처럼 살아가는 그런 이들과 달랐다. 그래서 끌렸었나 보다.

보통 사람이 죽을병에 걸리고, 앞으로 얼마 후에 죽을 것이라는 선고를 받게 되면 몇 가지의 심리적 단계를 거친다고 한다.

거부, 분노, 타협, 포기, 수용의 순서.

이린은 그 단계들을 건너뛰어, 순식간에 수용의 단계에까지 이르러 자신이 죽을 것임을 받아들였다.

굉장히 깊은 낭떠러지였나 보다.

떨어지기 시작한 지 30초도 넘은 것 같은데, 아직도 끝나지 않았다. 이린은 두려움에 몸을 부들부들 떨며 언제고 도착할 바닥에 부딪쳤을 때의 고통이 조금밖에 없기를 바라고 또 바랐다.

하지만 이때, 이제는 그 어떤 빛도 사라진 듯 껌껌하기만 한 하늘 위로 청백색 빛이 하나 생겨났다.

처음엔 작던 빛은 점차 커지며, 빛무리와 빛가루를 무수히도 뿌리며 다가왔다.

……그것은 날개였다.

빛으로 이루어진 아름다운 날개.

그 날개를 펄럭이며 자신을 향해 오는 사람은 바로 은창이었다.

"아……."

죽음을 납득하고 생을 체념하며 멈췄던 눈물이 다시 흘렀다.

곧 굉장히 가까워진 은창이 이린의 허리를 와락 껴안았다. 그리고 혹시나 이린이 충격 받지는 않을까 하여 날개를 천천히 펄럭이며 낙하속도를 천천히 줄여 나갔다.

하지만 끝없이 깊을 것 같던 이 구멍도 결국 바닥이 존재했었고, 그것을 확인한 은창은 어쩔 수 없이 속도를 더욱 빠르게 줄이며 땅에 착지했다.

"윽!"

급제동에 부담이 온 이린이 억눌린 신음을 토해고, 은창은 말했다.

"미안해요. 괜찮아요?"

미안하다는 은창의 말에 이린이 급히 고개를 저었다.

"아니에요! 미안하단 말을 왜 하세요? 그런 말하지 마세요. 이렇게, 이렇게 절 구해주셨는데."

이린이 울음을 터뜨렸고, 은창은 그녀가 귀여운 마음에 머리를 쓰다듬어줬다.

"많이 무서웠죠? 이제 괜찮아요."

은창이 거기까지 말한 순간, 이린이 갑자기 은창의 품으로 파고들어서 안겼다.

깜짝 놀라 어찌해야 할지 모르던 은창은, 이린의 전신이 떨리고 있음을 느끼고 더욱 강하게 안아주었다.

시간이 한참이나 더 지나고, 그녀의 떨림이 끝났을 때쯤, 이린이 눈물방울이 맺혀 있는 눈으로 은창을 도발적으로 쳐다보며 말했다.

"오빠!"

'오빠' 란 말에 은창의 가슴이 크게 두근거렸다.

"네, 네?"

"……고마워요. 오빠는 내 생명의 은인이에요. 오빠가 무슨 말을 하든 따를게요."

은창이 그녀를 품에서 놓아주며 씩 웃고 말했다.

"그런 말을 함부로 하는 게 아니에요. 그리고 내 능력이 닿아서 구할 수 있었던 것뿐이고, 난 덕분에 이 날개도 얻었으니 괜찮아요."

은창의 말에 이린이 눈을 동그랗게 만들며 말했다. 홍분된 목소리로 말이다.

"맞다, 오빠! 그 날개는 어떻게 된 거예요? 정말 너무 예뻐요!"

거기다 밝았다.

하늘 위의 빛이 조금도 들어오지 않은 이 어두운 곳에서 은창의 날개는 화려하게 빛나 밝게 만들어주고 있었다.

"아까 이린 씨가 떨어지고서 말이에요."

"네, 오빠."

이린은 눈을 빛내며 경청했다.

"난 그 뒤를 따라서, 그 이상한 함정이 닫히기 전에 뛰어들었어요. 그런데 막상 이린 씨를 따라 뛰긴 했지만 대책은 하나도 없었죠. 우리가 떨어졌던 문이 닫히면서 안엔 조금의 빛도 없이 깜깜했고, 내가 이린 씨를 잡는다고 한들, 살려줄 방도란 없었으니까."

눈앞이 전혀 보이지 않는 와중에 허둥대던 은창은 곧 청각에 집중하고서 이린이 어디에 있을지를 찾아냈다. 하지만 찾는다 해서 무슨 뾰족한 수가 있겠는가?

이린과의 거리는 너무나 멀었고, 잡는다 한들 금양보력의 자신은 살 수 있다 해도 이린을 살릴 수 있을 방도는 없었다.

"그렇게 한참을 떨어지면서 아무리 고민을 해도 방법이 없었어요. 그런데 그때, 그냥 순전한 감으로 이제 얼마 안 가서 바닥이 나올 것이란 생각이 든 거예요. 저는 더욱 급해졌고…….”

이린을 구해야 한다.

자신에게 날개가 있었다면, 그래서 하늘을 날 수만 있다면! 그 생각이 절박한 은창의 머릿속을 가득 채웠다. 그리고 그 순간, 은창의 등에서 무언가가 쑥하고 나타났다.

그건 바로, 아까 은창의 몸속으로 들어갔던 정체불명의 기운이었다.

날개는 은창의 의념을 따라 움직이기에 큰 어려움 없이 조종할 수 있었고, 결국 이린을 구해내는 데 성공했다.

은창에게서 그와 같은 이야기들을 모두 들은 이린은 너무나 고마워 은창의 손을 꽉 쥐어주더니, 곧 그의 날개에 손을 대어 만져도 보고 하면서 신기해했다.

“와, 정말 신기해요. 되게 따뜻한 느낌을 주는 빛이네요. 진짜 빛, 빛 그 자체! 그런데 또 어떻게 날 수 있는 거지? 아아! 그런 건 다 몰라두 돼. 너무 예쁘다…….”

이린은 황홀함에 빠져 은창의 날개를 쳐다봤다.

그리고 은창은 주변을 한차례 둘러보다가, 통로가 하나 있음을 발견했다.

“응? 저쪽은 뭐지? 안에 또 다른 게 있나?”

은창이 그리 말했지만 이린은 그의 말을 듣지도 못하고 있었다. 은창의 날개에 정신이 홀려 있었기 때문.

"이린 씨, 이린 씨!"

그렇게 두 번을 불렀을 때에야 정신을 차린 이린이 한차례 고개를 흔들고서 답했다.

"네, 네? 뭐라고 말했어요, 오빠?"

은창은 안쪽을 손가락질하며 말했다.

"저 안에 길이 하나 있네요. 저기로 가봐요, 우리."

그의 말에 이린이 움찔했다. 무서웠던 것이다.

"에…… 에에."

그녀를 안심시켜주기 위하여, 은창이 이린의 손을 잡고 끌었다.

"걱정하지 마요. 오빠가 옆에 있잖아요. 가요, 같이!"

든든함이 느껴졌다. 그리고 손에서 전해져 오는 은창의 온기에 이린의 볼이 달아올랐다.

"네, 오빠……."

그렇게 두 사람은 은창이 새로이 얻은 비공익에서 나오는 빛을 등불삼아 어둡고도 좁고 긴 통로를 걸었다.

"아무리 생각해도 여긴 자연적으로 생긴 곳은 아닌 것 같아요. 그렇죠?"

이린의 물음에 은창도 고개를 끄덕였다.

"네, 분명 인공적인 곳이에요. 그런데 참 대단하네요. 만들어진 지 엄청 오래된 곳 같은데, 이렇게나 깊고도 길다니요.

대체 무슨 목적으로 만든 곳이지…….”

그렇게 약 20여분을 더 걸었을까?

석상 하나가 서 있는 문 앞에 도착할 수 있었다.

“음…… 뭔가 무섭게 생긴 석상이네요.”

가사를 걸친 승려였는데, 전신에 알 수 없는 문자들이 빼곡히 새겨져 있었다.

이때쯤 이린은 두려움을 많이 떨쳐낸 상태로 평소의 활발함을 찾은 상태였다. 그녀가 호기심 잔뜩 묻어나오는 눈빛으로 주변을 둘러보고 있을 때, 은창은 문을 유심히 살펴보고 있었다.

“이린 씨. 문이 무엇이라 생각해요?”

“네? 문이요? 움…… 어떤 밀폐된 곳을 만들고 싶은데, 거기에 사람이 못 드나들면 안 되니까 드나들기 위한 용도로 만든 것? 사람이 드나들 수 있게 열렸다 닫혔다 하는 것?”

은창이 고개를 끄덕였다.

“그쵸? 그럼 일단, 안 열리는 것은 문이라 할 수 없을 거예요. 하지만 이 문에는 손잡이도 없고, 문이 열리는 곳이라 할 수 있는 부분도 없네요.”

그러했다.

분명 테두리의 모양과 그런 건 문임이 확실한데, 어디에도 손잡이가 없었으며 문이 열리고 닫히는 곳이라 추정할 만한 금이 어디에도 없었다.

"에! 그럼 뭐죠 이 문은?"

말로는 맞장구를 치면서도, 이린은 처음에 무섭다 생각했던 석상이 신기한지 계속해서 이곳저곳을 손가락으로 꾹꾹 눌러도 보고 눈을 가까이대고 살펴보기도 하고 있었다.

그런데 이때.

이린은 석상의 눈 부근이 뭔가 이상함을 느꼈다.

'뭐지? 뭐가 움직이기라도 했나?'

그렇게 생각하며 이린은 석상의 눈을 똑바로 쳐다봤다.

"꺅!"

갑자기 이린이 비명을 지르자 깜짝 놀란 은창이 금양보력을 일으켜 그녀에게로 가까이 가 안아줬다.

"뭐야, 괜찮아요?"

이린은 덜덜 떨면서 석상을 가리켰다.

"저, 저기! 저기요! 석상이…… 석상이 눈을 떴어요!"

살짝 소름을 느낀 은창이 급히 석상의 얼굴을 살폈는데, 눈은 처음과 다름없이 감겨 있었다.

은창은 이린이 여러 일을 겪고 놀라면서 심신이 허약해져 헛것을 본 것이 아닐까 싶어 그녀를 토닥이며 말했다.

"괜찮아요, 이린 씨. 자, 봐요, 눈을 감고 있잖……."

은창은 말을 끝맺지 못하고 끌었다.

그럴 수밖에 없었다.

석상이 눈을 부릅뜨고, 피고 있던 주먹을 콱 움켜쥐었으니까!

"뭐, 뭐야, 이거. 마귀인가!?"

그렇게 말하며 은창은 이린을 자신의 뒤로 하고 지켰다.

부스스스—

석상이 움직임을 시작하니, 돌 부스러기 같은 것들이 일어나 땅으로 떨어지며 속살이 드러났다.

"석상이…… 아니었어?"

겉에 돌 부스러기 같은 것들이 잔뜩 묻어 있어서 석상처럼 보이던 것이었다. 황색 가사를 입고, 근육질의 몸에 갖가지 문신들이 새겨진 승려.

아직 마귀인지 인간인지 모를 그 승려가 은창과 이린을 무섭게 노려보며 다가오더니 기이한 보법을 밟으며 은창에게 양 주먹을 동시에 휘둘렀다.

"우왓!"

은창은 놀라며 자신도 양 주먹을 내밀어 똑같이 맞받아쳤다. 뒤에 이린이 있기에 피할 순 없었다.

꽈아앙!

묵직한 충격이 은창의 전신과 이 지하 동굴을 흔들리게 만들었다.

"가…… 강력한걸?"

눈을 동그랗게 뜬 은창의 말이었다. 이렇게까지 강한 타격을 받은 것이 과연 언제였는지 기억조차 가물가물할 수준이다.

"우하!"

승려가 마치 사자후처럼 들리는 기합을 내지르며 발로 진각을 밟았다.

쿠아앙!

진각에 의하여 발이 땅바닥을 30㎝도 넘게 파고들고, 동굴이 무섭게 뒤흔들렸다.

그럼 그런 진각을 통하여 힘을 얻은 주먹은!?

"우, 우와!"

잔뜩 긴장한 은창이 다리, 허리, 어깨에 힘을 잔뜩 주면서 주먹을 내질렀다.

쿠콰쾅!

만약 이린이 은창의 뒤에 있던 것이 아니라 따로 있었다면, 지금의 이 충격파만으로도 전신이 부서짐으로 목숨을 잃었을 것이다.

은창은 아릿한 손을 털면서 씩 웃었다.

"괜찮은데? 나쁘지 않아. 재밌게 놀 수 있겠어! 그런데 그 전에, 잠깐."

그렇게 말하며 승려에게 기다리라는 제스처를 취한 은창이 이린의 허리를 안아 들고서 비공익을 펄럭이며 한참 뒤로 물러났다.

"금방 돌아올 테니까, 무섭더라도 잠깐만 기다리고 있어요."

이 정도 거리라면 은창이 충격파를 최대한 억제하며 싸우는 것으로 이린이 아무 상해도 받지 않을 수 있을 것이다.

이린을 비스듬한 코너 뒤쪽에 내려준 뒤, 은창은 다시 비공익을 전개하여 승려에게 돌아왔다.

"기다려줘서 고맙네. 다시 해볼까? 놀아보자고!"

은창이 제요벽을 펼치며 승려에게 달려들었고, 승려 역시 응수했다.

꽈광— 꽈과광!

번쩍— 번쩍!

섬광과 폭음이 쉴 새 없이 울려 퍼지며, 승려와 은창은 서로 한 치의 물러섬 없는 치열한 접전을 벌이고 또 벌였다.

싸움을 거듭하며 은창은 놀라고 또 놀랐다.

"하…… 정말, 대단한걸? 하아, 하아."

은창이 숨을 헐떡이고 있었다.

금양보력을 각기 다른 부위에 집중적으로 불어넣을 수 있게 된 이후로 그 어떤 마귀와 싸우더라도 숨을 헐떡일 만큼 힘들어한 적이 없었다.

만약 지금 다시 유사인을 만난다면 은창은 숨을 안 헐떡거림은 물론 땀도 한 방울 안 흘리고 손쉽게 소멸시키는 게 가능할 것이다. 그런데 그런 은창이, 벌써 숨을 헐떡이고 있었다.

그만큼 이 승려는 강했다.

여전히 아무 말 없이 그저 자신을 관찰하듯 쏘아보고 있는 승려를 향해 은창이 다시 피식하며 웃었다.

"과묵하긴. 좋아, 마귀가 아닌 것 같아서 끝장을 낼 생각은 안 하고 있었는데. 이거 아무래도…… 이 동굴이 우리의 싸움 때문에 간당간당하는 것 같아서 말이야. 빨리 끝내자!"

은창의 전신에서 금양보력이 들끓고, 날개는 청백색의 빛을 더욱 강렬하게 내뿜었다.

은창의 풀 파워!

그는 풀 파워를 내는 자신이 누군가에게 질 것이란 생각은 하지 않았고, 이번에 그 생각은 맞았다.

결국 은창의 속도와 힘을 못 따라간 승려의 가슴팍을 주먹으로 강타하는데 성공한 것!

"크허!"

승려가 처음으로 뭔가의 소리를 냈다.

그가 뒤로 우당탕하며 나뒹굴었고, 은창은 힘이 아직 해소

되지 않아 계속해서 부르르 떨리고 있는 주먹을 푼 뒤 승려를 내려다봤다.

"너, 정체가 뭐지?"

승려가 천천히 일어섰다.

그리고 꼿꼿이 세우고 있던 허리를 천천히 숙이며 양손으로 합장을 하였다.

더불어 은창에게 하나의 목소리가 울려왔다.

"반갑습니다, 금양보력의 시주."

그 목소리는 분명 귀로 들어오는 건 아니었다. 귀가 아닌 머리로, 가슴으로, 혹은 영혼으로 그대로 전달되어왔다.

"오빠, 이제 다 끝난 것 맞죠?"

어느새 은창의 바로 뒤까지 걸어온 이린의 말이었다.

"아, 네. 근데 잠시만요. 저 사람이 할 말이 있나 봐요."

그가 이린과 대화할 때에는 아무 말도 하지 않던 승려는 은창이 다시 자신에게 집중해서야 말을 이었다.

"저와 대화하실 때에는 굳이 말로 하지 않으셔도 됩니다. 머릿속으로 저에게 말을 하겠다 생각하시면 제가 들을 수 있습니다."

"알겠습니다. 그럼 우선 물어보죠, 당신은 누구입니까?"

"저의 법명은 혜광(慧光). 항마법승(降魔法僧)입니다."

"항마…… 법승?"

"지금 어떤 시간이 흘렀는지 모릅니다. 하지만 당신이 저희의 존재를 모르는 걸 보면 정말 긴 세월이 흘렀음을 짐작할 수 있군요. 저희는 아주 먼 과거에 후세를 위하여 남겨진 존재들입니다."

"후세를 위하여 남겨졌다고요?"

"그렇습니다. 먼 훗날 이 땅에 환란이 일어날 것을 예견한 각원선사께서 저희를 항마법승으로 만들어 이곳에 남겼습니다."

"그 항마법승이라는 게 뭔데요?"

"산 자도 죽은 자도 아닌, 그 경계에서 마귀들을 제압하기 위하여 도구로써 만들어지는 존재입니다. 오대성력의 후인들을 위하여 지금까지 기다려왔습니다."

"예?"

"제가 이렇게 대화할 수 있는 시간도 이제 거의 끝났습니다. 금강보력의 전인이시여, 이제 저와, 함께하는 299명의 항마법승은 모두 전인의 명령을 받아 움직일 것입니다. 이 힘, 힘없는 중생들을 지키고 사특한 마귀들을 물리치는 데 써주십시오."

그와 동시, 은창은 자신의 가슴팍이 갑자기 뜨거워짐을 느꼈다.

“으앗! 뭐야 이거?”

당황한 은창이 입고 있던 상의를 한꺼번에 벗어버리니, 거기에선 치이익 하는 소리와 함께 하얀 연기가 나고 있었다.

그리고 은창의 가슴팍에는 알 수 없는 주문이 새겨졌다.

“꺅! 그게 뭐예요?”

이린이 그렇게 말한 순간, 항마법승이 이번엔 그녀를 바라봤다.

그리고 여태껏 이린에게는 아무 말도 들리지 않았던 항마법승의 말이 이린에게도 들리기 시작했다.

“역시 선사의 예언은 단 하나도 틀리지 않고 맞았군요. 금양보력의 전인이 연화심(蓮花心)을 지닌 여시주와 함께 온다 하였는데……. 여시주, 이리로 와 보시겠습니까?”

가까이 오라는 말에 이린이 움찔하며 몸을 떨었다. 무서웠기 때문이었다. 하지만 처음과 달리 승려에게서 뭔가 따뜻하고도 온화한 느낌이 나오는 것도 사실이라 어찌해야 할지 고민하던 차, 옆에서 은창이 부추겼다.

“괜찮아요, 가봐요 이린 씨. 나쁜 일을 하진 않을 거예요.”

"알겠어요. 그럼 오빠를 믿고……."

이린이 항마법승을 향하여 걸어갔다.

그녀가 자신 근처로 2미터 가량 되는 거리까지 가까워졌을 때, 항마법승이 합장하고 있던 손을 떼어 독특한 수인을 만들더니 입으로 알 수 없는 주문을 중얼거리기 시작했다.

더불어 분홍색 빛이 일어나서 꽃잎 모양을 만들더니 항마법승의 근처에서 수도 없이 흩날리다가 천천히 이린에게로 넘어가기 시작했다.

그 광경이 환상적이라, 이린은 멍하니 꽃잎들을 쳐다보다 이내 모든 꽃잎이 자신에게로 넘어와서 주변을 돌 때에 적잖이 놀랐다.

"어? 어? 뭐…… 뭐야 이거?"

그리고 승려의 목소리가 머릿속으로 들렸다.

"여시주. 여시주는 이제 귀인요력의 전승자가 되었습니다. 단순한 치유의 힘은 지금 당장, 쉽게 사용할 수 있을 것입니다. 하지만 더 효율적으로 귀인요력을 발하고 싶다면, 제 가사 안에 들어 있는 귀인요서(鬼因妖書)를 읽고 익히셔야만 합니다. 고운 심성을 가지신 분이니, 이 힘으로 가여운 중생들을 구제하여 주십시오. 이런 무거운 짐을 시주의 어깨에 얹혀드려 죄송합니다."

"아, 아니…… 괜찮아요. 갑작스러운 일이라 당황하긴 했지만, 저도…… 은창 오빠와 다른 퇴마사분들을 도울 수 있으면 좋겠어요."

"그리 말씀해 주시니 감사합니다. 그럼 저는 이만…… 이제 우리들의 육신은 보름간 연혼대법(燃魂大法)을 거친 뒤 영혼 없이 금양보력의 시주가 내리는 명령만을 받아 마귀들과 싸울 뿐인 존재가 될 것입니다. 언제 어디서든 저희의 힘이 필요하시면, '척마령(斥魔令)' 이라 소리쳐 주십시오. 금양보력의 시주도, 이제 귀인요력을 받은 여시주도. 앞날에 세존의 자비가 시주들의 앞날을 보듬어주기를."

그 말을 끝으로, 항마법승의 눈동자에 미약하게 남아 있던 생기가 사라졌다.

이들은 어떻게 항마법승이 되는 희생을 택한 것이며, 누구일까. 모르지만 은창은 항마법승을 향하여 합장을 하였다.

"고귀한 희생에 경의를 표합니다."

그리 말하고서 은창이 이린을 돌아봤다.

"기분이 어때요?"

"네?"

은창은 안쓰러움과 기쁨이 공존하는 느낌으로 웃으며 말했다.

"오대성력의 마지막 전승자가 된 기분이 어떻냐고요. 귀인요력을 받은 소감은?"

그 물음에, 이린은 어쩐지 부끄러워져 얼굴을 살짝 붉히며 말했다.

"글쎄요……. 아직은 뭐가 뭔지 모르겠어요. 근데 그냥…… 온몸에 힘이 넘치고 뭐든 할 수 있을 것 같은 기분이 들어요."

물론 금양보력만큼은 아니라지만. 무저영력, 현현주력도 신체능력을 올려주는 역할을 한다. 그렇기에, 은수와 소영 역시 현 인류에서 어떤 방면으로도 가장 뛰어난 운동선수보다 신체능력이 월등하다.

그와 마찬가지로, 비록 귀인요력이 회복에 특화된 능력이라고는 하나 평범한 사람일 때에 비하여 신체능력은 훨씬 월등해졌을 것이다.

"나도 처음 금양보력을 얻었을 때, 그리고 힘을 더욱 업그레이드했을 때. 비슷한 감정을 느꼈었는데…… 사람은 다 비슷한가 보네요."

이린은 새쭉하니 은창을 쳐다보고 말했다.

"오빠는 여자 마음을 잘 모르네요. 어떤 말이 기분 좋게 만드는지에 대해서도요."

자신이 뭔가 실수라도 한 건가 싶어, 당황한 은창이 말했다.

"예, 예?"

곧 표정을 풀고 배시시 웃으며 이린이 말한다.

"하지만 그래서 다행이네요. 오빠가 바람둥이 같지 않아서요."

은창이 뒷머리를 벅벅 긁으며 말했다.

"아니 뭐, 제가 바람둥이일 리야 없죠. 여자는 물론이고 남자한테도 인기가 더럽게 없었는데요. 근데, 기분을 좋게 하려면 어떻게 말을 했어야 하는 건데요?"

"음…… 비밀로 하고 안 알려 드리고 싶지만, 그건 예의가 아니겠죠? 아까 같은 때엔 사람은 다 똑같네요, 가 아니라 우리 둘이 똑같네요, 라고 말했어야죠."

"아!"

은창은 감탄사를 내뱉었다가 이내 씩 웃었다.

"에이. 그래도 별로 하고 싶진 않네요. 너무 낯간지럽잖아요."

그리고 이때.

갑자기 동굴 안이 마구 흔들리기 시작하며 굉음이 울려 퍼졌다.

쿠구구구구구구—

"뭐, 뭐예요 이거?"

여태까지 수도 없이 비명을 질렀던 이린이지만, 이번엔 그러지 않았다. 계속해서 이런 상황들을 마주쳐서 적응이 된 것도, 귀인요력을 얻고 은창의 옆에 있음으로 인해 담이 커진 탓도 있을 것이다.

은창은 혹시 모를 일에 대비하여 이린을 감싸 보호하면서, 그녀에게 문이되 문이 아니었던 곳을 가리켰다.

"저쪽을 봐요."

"네? 앗!"

그 육중하던 돌문이 서서히 무너져 내리고 있었다. 그리고 안에서부터 장엄한 법문 소리가 울려 퍼졌다.

소리를 내고 있는 것은, 돌문 안의 석실에 가부좌를 틀고 합장하고 있던 약 삼백여 명가량의 승려였다!

"맙소사!"

절로 나온 은창의 외침.

저들 모두. 방금 전 은창과 싸웠던, 엄청나게 강한 승려와 같은 복장에 뒤지지 않을 기운을 내뿜고 있었다.

그런 이들의 숫자가…… 얼추 살펴보니 백 명은 그냥 넘고 이백도 넘는 숫자! 은창이 보기엔 아마 삼백 명쯤 되어 보였다.

이번엔 이린이 말했다.

"아! 그렇지. 아까, 이 항마법승이란 분이 '나' 가 아니라 '우리' 란 표현을 하셨었죠? 대, 대박……."

처음 만났던 항마법승도 지금은 문 옆에 가부좌를 틀고 앉아서 법문을 외고 있었다.

"지금 저게 바로, 아까 그분께서 말씀하신 연혼대법인가 봐요. 보름…… 동안 이어진다고 했죠?"

"네, 그렇다고 했죠. 그런데 정말…… 정말 시간이 흐르면. 보름이 지나면! 이들이 전부 오빠의 명령을 듣는 것일까요?"

상상하기도 힘들었다.

세상에, 유사인보다도 강하고 자신에도 근접할 만한 힘을 지닌 이들을 삼백이나 부릴 수 있다니! 이 정도면 미국과 싸우더라도 지지 않을 수준이다.

은창이 입을 닫지 못하여 벌리고 있을 때, 이때 갑자기 커다란 고함 소리가 뒤에서부터 울려 퍼졌다.

"동무! 금양보력 동무! 여기 있습네까?"

"응? 뭐, 뭐지?"

뭐가 폭발할 때에나 들을 정도의 커다란 소리였다. 확성기에 대고 말을 하는 사람이라 해도 저렇게 큰 소리를 낼 순 없으리라.

그리고 뒤이어.

쿠우웅!

뭔가 아주 무거운 게 떨어진 소리가 나더니, 쿵쾅쿵쾅하며 누군가 달려왔다.

"동무! 동무! 지금 에미나이랑 시시덕거릴 때가 아니래이! 동무래 형, 누나가 줄초상 치르게 생겼잖네!"

형과 누나에 관한 이야기가 나오니 눈이 번쩍 뜨인 은창이 급히 자신의 핸드폰을 살펴보니, 안테나가 잡히지 않고 있었다. 아마 이곳이 굉장히 깊은 곳이기에 그러한 듯했다.

"지금 그게…… 그게 무슨 소리입니까!?"

Chapter 4

데스티

"그렇게 해서, 여기까지 온 거야. 저 털보장교 아저씨가, 은수 형을 구해준 사람이었단 얘기를 듣고 믿고 왔던 거지."

형과 누나가 위험하단 말에, 은창은 이린을 업고 날았으며 멀리에서 상황이 급박히 돌아가는 것을 보고선 이린을 내려 놓고 홀로 날아왔던 것이다.

다솔은 오대성력이 뭔지도 잘 모르기에 그저 벙벙한 표정으로 있었지만, 은수와 소영은 이렇게 오대성력의 후계자가 다 모였고 그중의 한 명이 이린이 되었단 사실이 놀랍기도 하고 신기하기도 하여 이린을 계속하여 쳐다봤다.

그 눈빛에 이린이 얼굴을 붉히던 차, 갑자기 은수가 소리쳤다.

"조심해라!"

은창의 뒤에 마치 원래 있었던 것처럼 불쑥 나타난 것은 바로 은발마귀, 레기온이었다.

레기온의 낫이 뒤돌아서려던 은창의 목을 정확히 겨누고 있었다. 무표정한 레기온과 '이것 봐라?' 하는 느낌의 은창. 둘의 눈빛이 치열하게 얽혀 들었다.

이때 은수가 조종하고 있던 흑표전차들의 포신이 다시 레기온을 향하여 움직였고, 바로 이때. 그의 앞 상공에 여자 하나가 나타났다.

"어머. 그쪽은 나랑 어울려줬으면 하는데?"

몸에 착 달라붙는 푸른빛 드레스를 짧게 입은 미녀는 머리카락이 허리를 넘어 발목도 넘고, 발목을 넘은 상태에서도 약 두 배 이상이나 긴 적발을 하고 있었다.

그리고 그 적발의 끝이 마치 칼처럼 뾰족해져 은수의 이마를 노리고 있다.

"넌 뭐냐?"

싸늘한 은수의 목소리에도 여자는 대답 없이 그저 고혹적인 웃음만을 짓고 있다.

"엥? 이게 무슨 일들이야 대체……. 헛!?"

자신의 몸을 감싸고 있던 무저영력으로부터 뭔가를 느낀 소영이 급히 땅을 박차서 뒤로 뛰었다.

그리고 거기에, 조막만 한 날을 가진 도끼 두 개를 휘두르며 금발의 소녀가 나타났다.

"얼레?"

그리고 자신의 공격을 수월히 피하고 벌써 저 멀리 도망쳐 있는 소영을 보며 살짝 놀란 표정을 지었다.

자신의 기습은 완벽하다 여겼는데, 은신을 풀려던 순간에 갑자기, 마치 물로 이루어진 막에 부딪힌 듯한 감촉과 함께 소영이 피해 버린 것이다.

물론 그건, 소영의 주변을 감싸며 항상 지켜주는 무저영력이었다.

은창이 깜짝 놀라 말했다.

"에젤린!?"

그랬다. 지금 나타난 소녀는 바로 에젤린이었다.

그녀는 붉은 드레스에 풍성한 금발 곱슬머리를 아름답게 자랑하며 은창과 은수, 소영에게 인사했다.

"반가워. 내 이름은 에젤린."

"에젤린! 네가 왜 여기에!?"

당황한 은창의 외침에, 에젤린은 눈빛을 살짝 흔들리며 말했다.

"그런 걸 왜 물어보지? 당연한 거 아니야? 난 마귀고 넌 퇴마사야! 퇴마사를 죽이러 온 것뿐이지."

항상 냉정하고 침착하던 에젤린답지 않아 보였다. 적어도 은창의 눈에는 그렇게 보였다.

하지만 은창보다 훨씬 더 놀란 것은 다솔이었다.

"에젤린, 너……?"

에젤린은 다솔을 쳐다보지 않고 은창만을 쳐다보며 말했다.

"은창! 너에게는 실망이야."

"그게 무슨 말이지?"

은창의 반문에 에젤린은 표정을 싸늘하게 하며 말했다.

"마귀와 인간과의 전쟁. 그 피 튀기는 각축전에 넌 본래 상관없던 다솔이마저 끌어들였어. 이렇게까지 할 필요는 없었잖아?"

에젤린이 이 문제를 꺼낼 줄은 몰랐다.

그리고 항상 죄책감에 시달리던 것이었으니 은창은 쉽사리 대답하지 못하고 입을 꽉 다물었다.

그것은 은수와 소영 역시 마찬가지.

하지만 이때 나선 건 다른 누구도 아닌 다솔이었다.

"아니야, 에젤린. 그걸 네가 은창이에게 추궁할 권리는 없어. 그 추궁은 옳지도 않고 말이야."

은창이 조용히 다솔을 쳐다봤다.

그리고 에젤린 역시 다솔을 지긋이 응시하다가 이내 '훗' 하는 나직한 웃음을 지었다.

"그래, 그래야 너희 둘답지. 누구도 끼어들 수 없을 정도로 서로를 깊이 사랑하는, 너희의 관계라면 말이야."

에젤린의 갑작스런 말에 은창과 다솔이 그 순간 얼어붙어 버렸다. 그리고 이린이 '어……' 하고 알 수 없는 감탄사를 내뱉었다.

그녀는 이어서 말했다.

"그런데……. 그래서 더 그 사이에 끼고 싶단 말이야. 깨버리고 싶어. 그러니까 조심해, 현다솔. 은창은 너만 노리는 게 아니야."

그렇게 말하고서 에젤린이 매혹적인 눈빛으로 은창을 쳐다봤다가, 이내 도발적인 느낌으로 눈빛을 바꾸어 다솔을 쳐다봤다.

그녀의 말에 당황한 표정을 짓고 있던 다솔은 이내, 에젤린이 마지막에 한 말을 곱씹어보고 나서 확 정색하며 말했다.

"노릴 수야 있지. 하지만 노린다고 다 얻을 수 있는 게 아니야. 두고 보라고, 절대 뺏기지 않을 테니까."

"억? 뭐야, 이 갑작스런 삼각관계 분위기는?"

소영이 장난스레 말했을 때, 갑자기 이린이 소리쳤다.

"삼각관계가 아니에요!"

그 모습이 마치 '나도 있거든요!?' 하고 외치는 모습이라, 소영은 피식 웃고 말았다.

"우리 막둥이 인기 많네~"

소영이 그렇게 말한 순간 은수가 노려보고 있던 긴 적발의 여자가 매혹스러운 웃음을 지으며 말했다.

"어머. 그러다 뚫어지겠네. 내가 섹시한 건 나도 잘 아는 사실이지만, 그렇게 뜨거운 눈빛은 조금 자제해 달라고."

그 말에 은수의 얼굴이 아주 살짝 붉어졌다. 포커페이스인 것을 생각한다면 놀랄 만한 표정 변화였다.

"정신 나간 마귀로군."

그렇게 한마디 하는 순간, 레기온이 내밀고 있던 낫을 회수하며 말했다.

"어부지리를 노리는 하이에나가 될 생각은 없다. 오대성력의 후계자들이여, 곧 진정한 하늘이 열릴 것이니 그날까지 죽지 마라. 너희의 목숨은 내 것이니."

말이 끝남과 동시에 레기온의 모습이 사라졌다.

은창은 자신에게 패배에 가까운 굴욕을 안겨줬던 레기온과 다시 싸워보고 싶은 마음이 강하였으나, 현재 상태가 좋지 않기에 그냥 보낼 수밖에 없었다.

"쳇……."

그렇게 중얼거리던 은창은 이내 아직도 자신을 뚫어져라 쳐다보고 있던 에젤린을 바라봤다.

"그래서, 입장정리는 완료된 거야?"

에젤린은 망설임없이 답했다.

"그래. 너희가 진을 소멸시키는 걸 보고서 확실히 마음을 굳힐 수 있었어. 그래서 이렇게…… 언니와 함께 인사를 하러 온 거지."

"언니?"

은창이 반문할 때, 은수와 마주보고 있던 적발의 여자 마귀가 갑자기 사라졌다.

그리고 나타난 곳은 에젤린의 바로 옆.

살짝 당황한 은창이 자신도 모르게 움찔하여 뒤로 물러났다.

"뭐지. 순간이동인가?"

은창의 중얼거림에 적발여마귀가 '풋' 하며 웃었다. 그리고 입을 열었다.

"네가 바로 은창이라는 애구나. 내 이름은 데스티, 반가워. 에젤린에게 네 이야기는 자주 들었어. 꽤 특이한 녀석이라고 말이야."

적발여마귀, 아니, 데스티는 그렇게 말하며 손가락을 들어 허공에 뭔가를 그렸다.

피 같다기보다는 여자의 빨간색 루즈 같은 느낌의 붉은 뭔가가 허공에 그려졌는데, 바로 입술 모양이었다. 데스티의 섹시한 입술과 똑같은.

데스티가 손바닥을 땅과 수평이 되게 핀 뒤에 그 위로 바람을 부니, 입술이 날았다.

그게 자신을 향해 오는 것 같아서 깜짝 놀란 은창이 피하려 들었는데, 그게 아니었다. 입술은 갑자기 방향을 바꾸어 방심하고 있던 은수에게로 날아가, 쇄골 위에 정확히 적중했다.

처음엔 데스티의 상체 크기만큼이나 크던 입술이었지만, 은수의 쇄골에 닿을 때엔 급속도로 작아져 네스티 본인의 입술과 동일한 크기였다.

"무, 무슨 짓이냐, 이 요망한 것!"

그렇게 소리치며 은수가 급히 손으로 쇄골에 묻은 립마크를 지우려 했다. 하지만 아무리 손으로 문질러도 그 립마크는 사라지지 않았다.

결벽증도 중증 결벽증에 걸려 있는 은수이다.

그런 그에게, 처음 보는 여자의 입술 모양 립마크가 쇄골에 생겨 버렸다니! 은수 입장에선 도저히 용납할 수 없는 상황.

얼굴이 시뻘게진 은수가 데스티를 노려보며 소리쳤다.

"이건 무엇이냐! 어서 지우지 못할까!?"

그 반응이 재밌는지, 데스티는 깔깔대며 웃었다.

"순진한 신사분이네. 히키를 남긴 것도 아닌데 그렇게 당황하다니 말이야."

히키.

격렬한 키스를 나눴을 경우 그 살이 벌겋게 달아올라 생긴 키스 자국을 뜻한다. 한국식 은어로 하자면 쪼가리이다.

분노가 폭발한 은수가 팔을 오른쪽으로 척하고 피니, 밑에 있던 흑표전차들이 일시에 포신을 돌려 데스티를 겨눴다.

꽈과과과광!

한 치의 오차도 없는 포격이 데스티를 목표로 집중되었다.

"어머, 터프하네?"

데스티가 붉은 손톱을 내밀어 자신과 흑표 전차 사이에 동그라미를 그리니, 붉은 원반이 생겨나 크게 퍼지면서 흑표 전차의 포격을 모조리 막아버렸다.

눈썹을 꿈틀한 은수가 전차들에게 다시 공격을 명하려 할 때, 데스티가 손사래를 쳤다.

"어머, 그만그만. 싸우러 온 게 아니라니까 귀여운 신사님? 오늘은 인사야, 인사."

그렇게 말하고서, 두 사람이 동시에 치마를 들어 올리며 마치 중세 귀부인 같은 포즈로 인사를 했다.

"앞으로 또 보게 될 거야. 그럼, 우리는 이만."

말이 끝난 순간, 데스티와 에젤린의 모습은 사라졌다.

……이로써 마귀들은 모두 사라졌고 남은 건 오대성력의 후계자와 다솔뿐이었다.

그리고 가장 먼저 다솔이 소리쳤다.

"예에에에! 으으으은! 차아아앙!"

이건 본능이다!

무조건 반사!

생존을 위한 몸부림!

어린 시절부터 지금까지 이어진 학습의 결과!

다솔이 자신을 부르며 달려든 순간, 은창은 '억!' 하는 소리를 내며 움찔하더니 바로 가드를 올렸다.

"으악, 미안해!"

그렇게 말하면서 몸을 잔뜩 움츠리고 뒤이을 타격에 대비하는데, 당연히 일어날 것 같던 그것이 일어나지 않았다.

본능적 반응에서 벗어난 은창이 천천히, 고개를 빼꼼히 내밀었을 때.

갑자기 익숙한 향기가 짙게 느껴지며 누군가가 자신을 와락 끌어안았다.

"어?"

은창이 눈을 동그랗게 뜨고, 다솔은 그를 와락 끌어안고서 눈물을 흘리며 말했다.

"바보, 멍청이! 이 엉터리 퇴마사! 사기꾼! 찌질이! 나쁜 놈!

왕따! 진상! 머저리!"

처음 알았다.

다솔이의 몸이 이렇게 부드러운 것을.

그녀의 향기가 이리도 좋고 감미로우며, 낯익음에 따사로운지.

다솔의 긴 머리가 은창의 볼을 간질이고, 갑자기 참을 수 없는 충동에 휩싸인 그가 그녀를 와락, 더욱 강하게 끌어안았다.

"미안. ……미안."

왜 미안해해야 하는지도 알지 못한 채, 은창은 그저 미안하단 말을 계속해서 되뇌었다.

그러자 다솔은 은창의 가슴에 얼굴을 묻은 채 펑펑 울었다.

그와 같은 광경을 이린이 쳐다보며 뭔가 서글픈 표정을 지었고, 마침 하얀색 방탄 세단을 타고 달려왔던 보람까지 멍한 눈빛으로 두 사람을 쳐다봤다.

그 모든 상황을 살피며.

그리고 은수가 벌게진 얼굴로 쇄골의 키스마크를 지우는 것까지 확인하며.

소영은 낮은 한숨과 함께 말했다.

"하아, 다들 청춘을 불태우는구나. 그런데 난 이게 뭐냐 대체."

그렇게 중얼거릴 때, 갑자기 그녀의 핸드폰이 말했다.

—까톡!

뭔가 반가워 급히 본 소영의 표정이 와락 일그러졌다.

"뭐야, 이 아저씬? 왜 자꾸 나한테 연락하는 거야?"

핸드폰엔 나은학 PD의 한 마디 메시지가 떠있었다.

—뭐해요?

툴툴대면서도 소영이 답장을 보낼 때, 어쩐지 소외되었다 느낀 털보장교가 갑자기 자신의 가슴을 퍽퍽 치며 말했다.

"오대성력의 동무들! 반갑구만 기래! 내래, 인민군 소좌인 리도산이야! 내가 익힌 오대성력은 말이야, 아주 강력한 마귀 한 놈을 내 몸에 봉인시키고, 그놈의 힘을 빌어서 쓰는 기지 기래! 아주 강력하지만, 자칫 잘못하면 마귀 놈의 영향을 받아 마귀처럼 변할 수도 있으니 조심해!"

털보장교, 리도산이 자신을 소개하니 모두들 그의 말에 귀를 쫑긋하고 잘 들었지만.

거기에 어떤 대답이나 반응을 보이진 않았다.

그저, 다들 너무 피곤했던 것이고 다른 일이 더 바빴던 것이다.

그래서 리도산은 울상을 지었다.

*　*　*

은창은 괜찮다고, 아무렇지 않다고. 병원에까지 갈 필요 없다며 계속해서 손사래를 쳤지만.

결국 이렇게 환자복을 입고 누워서 링거를 맞고 있을 수밖에 없었다.

"하아, 진짜. 이런 거 다 필요 없는데."

은창이 그렇게 말한 순간, 다솔이 도끼눈을 부릅뜨며 그를 노려봤다.

"야! 또 그런 말할래? 아니, 그게 작은 상처였어? 안쪽에는 아직도 심각할 수 있다구! 일단 결과를 기다려 보란 말이야."

"아니, 엑스레이로 나올 수 있는 게 뭐 얼마나 있다고……."

구시렁거린 순간 다솔이 주먹을 들어 올렸다.

움찔!

"아, 알았어! 알았다고! 이 깡패야. 와, 진짜, 아플까 봐 걱정된다고 하면서도 계속 때리려고 하네."

"흥!"

이곳은 보람이의 회사 재단이 갖고 있는 병원.

그곳의 VIP병실 중에서도 가장 좋은 곳이었다. 국회의원이

나 장관조차 이 병실은 이용하지 못하고, 각국의 대통령 정도는 되어야 쓸 수 있는 곳이다.

그 널찍한 병실의 한쪽에 있는 소파에 앉아 은창과 다솔이 하는 짓을 보고 있던 소영이 한마디 했다.

"아주 꼴값을 해라, 꼴값을. 솔로인 나를 앞에 두고 말이야."

소영이 그리 말했지만, 은창과 다솔은 서로 바삐 대화하느라 듣지도 못했다.

두 사람은 알지 못하겠지만, 예전과 비교하여 현재는 두 사람이 대화하는 방식이나 행동 등이 예전과 미묘하게 다른 부분들이 많았다. 그래, 전에는 소꿉친구와 연인을 저울의 양추에 놓고 소꿉친구 쪽이 훨씬 무거웠던 편이었다면, 지금은 저울의 양쪽이 비슷해진 것을 넘어서 연인 쪽이 좀 더 무거울 정도.

그래, 그렇게 변했다.

본인들은 전혀 모르겠지만 말이다.

'하지만…… 내가 보기엔 아직 보람이와 이린도 가능성은 있어. 흐응…….'

심정적으로 소영은 당연히 다솔을 응원한다. 은창을 떠나서도 자신이 굉장히 좋아하는 동생이 아닌가.

은창의 연애에 대해 이리저리 생각하던 중, 소영은 문득 자기 자신이 생각해도 우습단 생각에 피식 웃으며 자리에서 일어났다.

마귀와의 전쟁이 벌어졌고, 전 인류의 운명이 어찌 될지 모르는 상황에서 이런 데에 신경 쓴다는 게 웃겼던 것이다.

Chapter 5

그는 누구인가

오대성력의 후인들이 잠시 휴식을 취하고 있을 때, 대한민국 대통령 관저 분위기는 무겁기 그지없었다.

각국 정상의 전화가 벌써 몇십 일째 지속되고 있기 때문이었다. 어르고 달래고 또 혹은 협박을 거듭하고. 대통령 최철환은 스트레스로 인해 흰머리가 하루에도 수백 개씩 늘어나고 있었다.

그들이 요구하는 건 두 가지였다.

하나, 현재 한국을 마귀에서부터 보호해 주는 결계, 진법, 베리어에 관한 비밀을 공유해 주고 만들 수 있게 도와 달라.

둘, 한국에서 활동하는 세 명의 퇴마사를 지원해 달라.

하지만 그 무엇도 들어줄 수 없는 조건이었다. 우선 현재 한반도를 지켜주고 있는 진법의 경우엔 현재 만들 수 있는 사람이 전무하였고 만드는 것을 설명한 책도 존재하지 않았다. 세 명의 퇴마사가 진법을 발동시킬 순 있었지만 또 하나 만드는 건 불가능한 것이다.

그리고 세 명의 퇴마사가 밖에 나가는 것도 불가했다.

정확한 건 누구도 알 수 없지만, 현재 마귀들의 행동을 보면 귀계에서 가장 신경 쓰는 존재란 바로 오대성력의 후계자들이었다. 그런데 그런 그들이 진법 밖으로 나간다? 혹은 따로 떨어져서 행동한다? 안 된다.

국내 안에서야 서로 개별행동을 할 수 있다 한들, 해외까지 포함되는 거리를 움직이면서 개별 행동하다간 마귀들에 의하여 각개격파 당할 위험도가 컸다.

"각하, 중국과 인도의 동향이 심상치 않습니다."

비서실장의 말에 최철환 대통령이 한숨을 푹 쉬었다.

"대체 뭘 어찌하란 말이야. 그 꼴통 같은 것들…… 그러니 평소에 치안과 국민 불만 해소에 신경 썼어야 했던 것을."

중국과 인도.

양쪽 모두 강대국으로 분류될 수 있는 나라 중에서 치안이 가장 안 좋은 나라들이다.

물론 미국도 치안이 좋은 나라라 할 순 없었으나, 아주 강력한 군대가 존재한다. 미국의 국민들이 모두 총기를 소지할 수 있다고는 하나, 세계 최강급의 탱크와 헬기 등을 가진 군대가 출동하면 폭동이야 순식간에 제압된다. 또한 국민들이 가진 나라에 대한 충성심도 아주 높았던 편.

하지만 중국과 인도의 경우엔 그게 굉장히 다른 게.

우선 군과 정부의 부패가 심각할 정도로 진행되어 있어서 국민들의 신임을 받지 못하고 있었고, 중국의 경우에는 수도 없이 많은 소수민족이 안 그래도 독립국가를 바라고 있었다. 그리고 인도는 너무 오래 지속되어 온 카스트 제도로 인한 병폐에 국민 간의 화합이란 꿈도 꿀 수 없던 나라였다.

그러니 두 나라는 강대국 중에서 가장 큰 피해를 받고 있었고, 이제 그 힘을 바탕으로 한국을 가장 강하게 압박하고 있던 것이다.

중국은 핵과 군대로, 인도는 핵으로.

최철환이 관자놀이를 문지르며 말했다.

"그래, 북에서는 뭐라고 하던가?"

"오대성력 중의 넷이 남한에 있으니, 남한 측에서 어떻게든 해결을 보라는 입장입니다. 결계에 관해서는, 누가 뭐라고 하든 절대 굴복하지 말라하고 있습니다."

그래도 이럴 때 다행인 건, 북한에 핵이 있다는 사실이었다.

현재 한반도의 두 분단국가.

남한과 북한은 운명공동체와도 다름없는 상황이었다. 남한이 진법의 축 중 하나를 잃어버리면 북한의 결계도 사라지며, 마찬가지로 북한에 문제가 생기면 남한 역시 마귀의 위협에 노출된다.

그렇기에 북한은 남한에 어떤 국가가 도발을 하거나, 핵으로 위협한다면 자신들이 나서서 맞대응할 것이다.

남한을 핵공격 한다면 자신들 북한의 핵 맛도 보게 될 것이라고 말이다.

“하루빨리 통일을 하는 것이 답이라고도 볼 수 있네. 지금으로서는 내부적으로도, 북한에 우리의 기술을 주는 것에 갑론을박이 이루어지고 있으니 말일세.”

통일이 되면 한국은 더욱 크게 성장할 것이다.

지금도 타국이 마귀에 의하여 피해를 받고 있을 때 남한과 북한만큼은 큰 타격을 받는 게 아니라 상대적으로 국력이 높아지고 있었던 상황. 여기에 통일까지 이루어진다면 비약적인 국력 상승을 꿈꿀 수 있었다.

일본에 버금가는, 아니, 뛰어넘는 슈퍼파워가 되는 것도 허무맹랑한 일이 아닐 수 있을 것이다.

하지만 북한의 김정은 정권이 문제였다.

통일을 할 경우 자신들이 현재와 같은 무소불위의 권력을, 왕족과도 같은 그 위치를 잃을 것이 자명하기에. 통일을 하려 하지 않았다.

이렇게 청와대에는 한숨만이 가득했다.

약 열흘이 지났을 때.

중국, 인도 양국의 정상이 화상연결을 통하여 대화하고 있었다.

"좋소. 그럼 6일 뒤 결행하도록 합시다. 우리나라의 모든 정예 특수부대와 첨단 무기를 사용할 것이니 기대해도 좋소."

"그것 참 기대되는군요. 아참 그리고 제가 물밑에서 슬쩍 언질을 해본 바, 다른 여타의 나라들도 우리의 행동에 발맞추어 움직일 의사가 있어 보이더군요. 물론 전면에 서는 건 저희가 되겠습니다만……."

"흥! 하이에나 같은 놈들. 하지만 그런 놈들이라도 도움이 되긴 할 것이니 어쩔 수 없겠군. 그럼 그날, 우리의 행동이 빛을 보기를 바라오."

"저도 그렇습니다."

그리고 몇 마디를 더 나눈 뒤, 중국 총서기는 화상연결을 끓었다.

"잘 생각하셨습니다, 총서기 동무."

고풍스러운 백의에 옆에는 검을 찬 중년인의 말에 총서기는 문득 한숨을 푹 쉬며 말했다.

"하지만 정말 제대로 된 판단을 내린 건지 후회가 되네."

"후회하실 것 없습니다. 혹시 인도가 이미 마귀에게 넘어갔고, 우리를 이용하려 든 것이라 할지라도. 우리는 우리가 얻을 것만 잘 얻으면 되는 것이니까요. 지금도 인민들은 마귀 때문에 힘들어하고 있고, 이대로 가다간 어렵게 얻은 중화의 빛도 조만간 수십 개로 나뉘어 사라지고 말 것입니다."

잠시 흔들렸던 눈빛을 보인 총서기지만 백의 남자의 말을 들으며 그 흔들림은 사라졌다.

* * *

다솔을 기다리다 깜빡 졸았던 은창이 갑자기 벌떡 일어났다.

"우왓! 벌써 시작했겠다!"

은창은 다급하게 옷을 챙겨 입고 밖으로 뛰쳐나갔다. 하지만 그가 우려한 것처럼 한참 늦은 것은 아니었다.

다솔은 약 30분 전에 도착하여, 그동안 여러 주의사항과 설명을 듣고 이제야 강신을 준비 중에 있었으니까 말이다.

"예은창! 일어났냐?"

누나의 외침에 은창이 고개를 끄덕였고, 다솔이 뒤돌아보며 손을 흔들어 인사했다.

"아, 응!"

다솔은 굉장히 짧은 핫팬츠를 입고 있었는데, 은창은 예전과 달리 다솔의 하얗고 잘 뻗은 다리에 자꾸만 눈이 가서 얼굴이 붉어졌다.

소영은 진지한 표정으로 다솔을 보며 말했다.

"마지막으로 물어볼게, 다솔아. 정말 괜찮겠어?"

다솔은 한 치의 주저도 없이 고개를 끄덕이며 말했다.

"물론이지, 언니! 마음의 준비는 모두 끝났어. 이제 그 강신이란 걸 하기만 하면 돼."

강신.

사람의 몸에 신령의 몸이 깃들게 하는 것을 말한다. 강신을 통하면 그 신령이 가졌던 능력의 일부를 사용할 수 있게 되며 강신 기간 동안엔 인격도 바뀌게 된다.

어떤 신령이 깃드냐에 따라 위력은 천양지차가 될 것이다.

강신을 하려면 온전한 몸, 마음을 지니고 무저영력의 힘을 받아들인 무사가 필요한데 여태까지 다솔은 자유의지가 아닌 소영의 명령에 따라 움직이던 인형과 다름없었으니 강신을 할 수가 없었던 것.

"좋아! 역시 다솔이는 시원시원해서 좋네. 근데 그전에 잠깐. 내가 처음 해보는 것이라 혹시 모를 실수가 존재할까 싶어서 연습용 교재를 몇 개 준비했지."

소영이 그렇게 말하며 뒤를 돌아보니, 언제 와 있던지 모를 봉고차 안에서 세 명의 고등학생이 정부요원 네 명의 감시 하에 쭈뼛거리며 내렸다.

바로 조의원과 그의 똘마니 둘이었다.

소영의 표현대로 따르자면 바로 어벤저스의 세 주축!

"어때, 너희 셋도 모두 마음의 준비가 끝난 거겠지?"

"네, 네! 물론입니다."

한 똘마니가 그리 소리치고, 조의원은 불안함을 감추지 못한 모습으로 조심스레 말했다.

"저, 정말 괜찮은 거겠죠? 그리고 이 강신이란 걸 하고나면 저희도 다른 분들처럼 스타가 될 수 있겠죠?"

이들 셋은 일주일 전에야 자신들이 소영의 술법에 의해 꼭두각시처럼 움직일 수 있단 사실을 듣게 되었었다. 하지만 놀람도 잠시, 협박과 스타를 미끼로 한 소영과 정부의 능수능란한 설득에 넘어가 이렇게 강신술도 받게 된 것.

"물론이지! 걱정하지 마. 너희도 우리처럼 유명해지고, 수많은 사람이 좋아하게 될 거야. 스타가 되는 거라고!"

소영이 다시 한 번 해준 말에, 아직도 속으로 살짝 겁먹고 있던 세 사람이 용기를 얻었다.

"해, 해요 그럼! 당장 해봐요!"

그리고 세 사람은, 소영이 은수의 도움을 얻어서 땅에 그려놨던 복잡한 진법의 중앙에 옹기종기 모였다.

소영은 양손바닥을 마주 비비며 눈을 빛냈다.

"좋아 그럼…… 강신술을 시작해 볼까?"

이것이 성공한다면 소영의 힘은 크게 올라갈 것이다.

그녀는 양팔을 앞으로 뻗고 입으로는 강신의 술을 외기 시작하였다.

다소 지루할 수도 있을 시간인 약 3분여의 시간이 흐르고…… 갑자기 강신술을 받으려 했던 세 사람이 눈을 감으며 몸을 마구 흔들었다.

무저영력의 제일호법이라 할 수 있고 본래 가지고 있던 힘과 정신의 건강함도 현 인류 중에 최고 수준에 다다를 다솔이야 총 세 번의 강신을 겪을 수 있다지만, 조의원을 비롯한 세 명은 각기 한 번이 전부였다.

"그그, 그우우우우우!"

몸을 부들부들 떨며 입으로 이상한 소리를 내뱉는 세 사람을 바라보는 다솔의 표정이 일그러졌다. 자신도 저렇게 추한 모습을 보일까 두려운 것이다.

"으으…… 토 나올 것 같아……."

다솔이 그렇게 말한 순간, 이윽고 세 사람의 움직임이 멈췄다.

그리고 조의원이 가장 먼저 멈췄다.

눈을 뜬 조의원의 눈에 백태가 허옇게 껴 있었는데, 그것이 마치 이제 곧 중병에 걸려서 죽을 것만 같은 노인의 것과 동일하였다.

조의원이 기침을 해댔다.

콜록! 콜록!

그 기침에는 피가 섞여 나왔다.

뭔가 잘못되었나 싶어 소영의 표정이 굳어지고, 다른 사람들 역시 당황이 섞인 눈빛으로 멍하니 조의원을 바라봤다.

그렇게 몇 번을 기침한 조의원이 허리를 노인처럼 구부린 상태로 주변을 한차례 둘러봤다. 그 눈에는 놀람이 가득하다.

"여, 여기가 대체 어디란 말인가? 내가 왜 여기에 있는 것이지……?"

딱 봐도 격이 굉장히 낮은 영혼이다.

아마 현재의 상황도 알지 못하고 있는 듯하다. 소영이 한차례 한숨을 쉬고서 말했다.

"이봐요, 할아버지. 할아버지는 어떤 분이세요?"

소영의 물음에, 조의원의 몸에 들어가 있던 노인이 허리를 두들기며 답했다.

"나? 나는 전라우수영 소속의 병졸일세. 여긴 어딘가? 장군님은 어디 계시고?"

한 번 들어온 신령은 바뀔 수 없다. 앞으로 조의원에게 강령의 술을 사용하면 언제나 저 노인의 영혼이 깃들 것이다.

"끙……."

소영이 앓는 소리를 내고, 은창은 박장대소를 터뜨렸으며 다솔의 얼굴에는 근심이 가득해졌다.

"웃지 마, 이 애새끼야!"

그렇게 소리치며 소영이 은창의 뒤통수를 가격했다.

그리고 뒤이어 조의원을 뺀 나머지 두 명의 강신도 끝이 났는데 결과는 처참했다.

두 번째 똘마니는 그나마 나아서 창을 사용한다는 하급무관이었고, 세 번째는 이름도 알지 못하는 놈은 조선갑사였다. 총이라고는 화승총만 사용할 줄 아는…….

"저기 언니…… 이거, 믿어도 돼? 나 더 약해지는 건 아니지?"

물론. 지금 이들 셋에게 강신한 이들은 다솔보다도 약하다. 노병, 갑사, 무관이 자신들의 몸을 다시 얻어 싸운다 해도 다솔이 손쉽게 이길 것이다.

그러니 다솔은 걱정되는 것이었다.

"어, 언니 못 믿니? 괜찮아. 언니만 따라오면 돼!"

불안해하면서도, 여기서 기회를 놓치면 다시는 강신술을 못 쓸 거란 생각에. 소영은 다솔을 떠밀어 어벤저스 세 명이 치워진 진법 중심부로 보냈다.

"자 그럼, 시작한다 다솔아?"

"응? 으응, 응."

다솔은 지켜보고 있는 은창을 곁눈질하며 얼굴을 붉히고 속으로 다짐하며 되뇌었다.

'절대 추한 모습 보이지 말자, 절대 보이지 말자.'

이윽고 소영이 강신의 술을 외기 시작하고, 어벤저스 세 명이 강신의 후유증에 빠져 땅바닥을 뒹굴며 끙끙 앓던 중 소영이 외던 강신의 술이 끝났다.

어벤저스들과 다르게 다솔은 눈을 감은 거 외에는 별다른 반응이 없었는데, 어느 순간!

꽈아앙!

마른하늘에서 벼락이 하나 떨어져 다솔을 직격하였다.

"꺄! 뭐, 뭐야 이거?"

"다솔아! 괜찮아?"

은창이 다솔을 향하여 달려가려 하다가 멈췄다.

멍한 표정으로 말이다.

파즛— 파즈즈즈즛!

작은 벼락들이 땅바닥에 잔존하여 하얀 혓바닥을 넘실거리고 있는 그 중앙. 보통 상태일 때에 비하여 몸이 전체적으로 훨씬 커지고 눈빛이 몰라보게 매서워진 다솔이 서 있었다.

그리고 곧, 갑자기 허리에 양손을 척 올리며 우렁찬 웃음을 토해냈다.

"하하하하하하하하하!"

웃음소리 하나에 산천초목이 뒤흔들릴 거대한 웃음소리였다.

게다가 그 포즈와 얼굴 표정은 어찌나 험상궂고 강렬하며 패도스러운지, 지켜보던 정부 요원들이 기가 질려 뒷걸음질 칠 정도였다.

그렇게 한참을 웃던 다솔이 갑자기 웃음을 떡하니 멈추더니 곧 정부요원들을 무섭게 노려봤다.

"이 더러운 관가의 개놈들! 아무리 시간이 흘러도 네놈들이 하는 패악질은 눈 뜨고 보기가 힘들 정도더구나!"

정부, 정확히 국정원 요원들은 다솔이 갑자기 죽일 듯 살기를 내보이며 욕을 하자 잔뜩 겁에 질려서 몸을 부들부들 떨었다.

그리고 이때, 은창이 침을 꼴깍 삼키며 말했다.

"다, 당신은 누구십니까? 기세로 보아해서 아주 대단한 인물인 것 같은데요."

그러자 다솔이 오른발을 번쩍 들어 땅을 쿵하고 내리찍으며 소리쳤다.

"네, 진정 나를 모른다 하겠느냐!"

찍은 발에 땅이 움푹 파이고 주변 지각이 부서졌으며, 더 멀리까지는 금이 생겨나 쭈욱 이어졌다.

벼락으로 인하여 이미 진법은 모조리 파괴되었지만, 방금의 발구름으로 인하여 그나마 보수할 수 있을 건덕지마저 사라져 버렸다. 하여 소영은 한숨을 푹 내쉬며 말했다.

"본인의 몸이라 한들, 이리 오랜 시간이 흐른 저희들 입장에서야 누구인지 알아차리기 힘들 텐데. 허튼 소리 그만하시고 어서 누군지나 밝혀주시죠?"

그렇게 말하고서 소영이 한 번 고개를 모로 꼬더니 자신의 질문에 스스로 답했다.

"이 산적 느낌으로 봐선, 혹시 임꺽정?"

소영의 말이 건방지게 느껴져서 얼굴색이 붉으락푸르락하던 다솔이 뒤이은 소영의 말에 크게 기분이 좋아져 다시 웃음을 터뜨렸다.

"으하하하하하! 거, 당돌한 계집년이 사람 보는 눈은 있구나! 오냐! 내가 바로 산중대왕이시자 수많은 민초의 삶을 도왔던 인물, 임꺽정님이시다!"

다솔, 아니, 다솔의 몸을 입은 신령 임꺽정이 그렇게 말하며 또 웃음을 터뜨렸고, 은창은 자신도 모르게 피식하는 웃음을 터뜨리며 말했다.

"그 많은 위인 중에서도 하필이면 산적이라니."

바로 이때.

귀가 여간 밝은 것이 아닌 임꺽정이 은창의 중얼거림을 듣고 눈을 부라리더니, 누가 말릴 새도 없이 폭발적인 스피드로 움직여 은창에게 주먹을 날렸다.

쩌어어엉!

다솔의 몸을 빌린 임꺽정의 주먹과, 놀라서 급히 가드를 올린 은창의 팔뚝이 부딪쳤는데 마치 묵직한 쇠와 쇠가 부딪친 듯한 소리가 울려 퍼지며 은창이 뒤로 쭈우욱 날려갔다.

"우와! 뭐, 뭐야 이거!"

그렇게 외치며 은창은 비공익을 전개하여 날아가는 방향 반대쪽으로 펄럭임으로 몸을 멈춰 세웠다.

그리고 자신도 모르게 팔을 뻗어 엄지를 척 추켜세웠다.

"산적 아저씨, 대단한데? 엄청 강하잖아!"

임꺽정은 다혈질이면서 단순했다.

은창의 진심 어린 칭찬에 기분이 급 좋아져, 방금 전까지 씩씩대던 모습은 온데간데없이 사라져 또 웃음을 터뜨렸다.

고개를 휘휘 저으며 그들이 하는 양을 지켜보던 소영이 임꺽정에게 물었다.

"그런데, 임꺽정님은 강신이 되어도 그리 놀라지 않으시네요?"

그녀의 물음에 임꺽정이 너털웃음을 또 터뜨리며 말했다.

"허허허! 당연한 것 아니더냐? 나쯤 되는 신령이면, 비록 직접 하계를 살피지 못하고 와보지 못한다 하나, 여러 곳에서 들려오는 정보로 소식 정도야 알 수 있지. 하계와 귀계를 이어주던 통로가 열려 마귀들이 다시 출몰한단 얘기를 듣고서. 내 언젠가는 무저영력의 전수자에 의하여 하계에 강신할 수 있겠거니! 하고 있었다."

소영은 어차피 죽고 나면 가게 될 사후세계가 지금 궁금하지도 않을뿐더러, 현재 중요한 것도 아니기에 대충 넘기고서 말했다.

"좋아요! 그럼 어쨌든 저희를 도와주시겠단 거죠?"

"물론이다! 내 탐관오리가 싫어 난을 일으켰던 몸이다. 내가 왜 탐관오리를 싫어했겠느냐? 그놈들이 힘없는 민초들을 괴롭히고 수탈하였기 때문이지! 그런 점에서 그 씹어죽일 마귀 놈들도, 나에겐 탐관오리와 하등 다를 바 없는 놈들이다! 놈들을 죽이는데 내 힘을 빌려주마!"

임꺽정이 그렇게 말한 순간, 갑자기 소영이 비틀거렸고 다솔은 그 자리에 풀썩 쓰러졌다.

"어? 어? 왜 이래?"

더불어 주위를 무섭게 휘몰아치고 있던 임꺽정의 기세도 일시에 사라졌다.

Chapter 6

불온한 정세

은창은 당황하며 누나와 친구를 봤다가, 곧 다솔을 향해 달려가서 그녀를 부축했다.

"다솔아, 괜찮아?"

그는 임꺽정이 이미 사라진 것이라 생각했고, 그건 정확했다. 그의 물음에 다솔이 눈을 뜨며 대답한 것이다.

"어? 무슨 일 있었어?"

그렇게 말하고 나서 주위를 한차례 둘러본 다솔은 자신이 가지고 있던 마지막 기억과 완전히 달라져 난장판이 된 주변 모습에 깜짝 놀랐다.

"이, 이게 뭐야? 마귀가 쳐들어오기라도 한 거야!?"

물론 이 모든 건 다솔이. 아니, 다솔의 몸을 빌려 쓰고 있던 임꺽정이 벌인 일이다. 하지만 다솔은 기억을 하지 못하는 듯했다.

"정말 아무것도 기억이 안 나?"

"응? 그게 무슨 말이야?"

"강신은 성공했어! 그것도 아주 강한 신령이 찾아왔었고. 그 신령이 네 몸으로 한 짓들인데, 기억 안 나?"

자신이 지금 이렇게 땅을 부수고 지진이라도 난 것처럼 만들어버렸단 말에, 다솔의 눈이 휘둥그레졌다.

"내, 내가!? 정말?"

그렇게 말하고서 차분히 기억을 되살려 보는데, 희뿌옇게 아주 단편적인 것들만 떠오를 뿐 자세하게는 기억이 나지 않았다.

'하지만 조금만 더 정신을 차리면 될 것도 같은데…….'

하고 다솔이 생각하던 차, 소영이 자신에게 달려와서 잡아주려고 하는 국정원 요원들에게 괜찮다 손짓하며 일어났다.

"괜찮아. 익숙해지고 다솔이 네 정신력과 기공이 더욱 강해지면, 강신이 되어도 자유의지를 어느 정도 간직하는 게 가능해질 거야."

소영의 말에 다솔이 반색했다.

"정말? 정말이야 언니!?"

"응. 물론이지. 그 정도가 되면, 강신한 신령이 생전에 익혔던 기공, 무공과 여러 싸움 경험 등도 너에게 자동적으로 전수될 거야."

"우와! 우와아!"

그렇다면 자신은 지금보다 훨씬 더 강해질 수 있을 것이다. 그 생각에 다솔은 몸이 녹아내릴 듯 황홀함이 들었다.

그런데 갑자기, 중요한 걸 빼먹고 있었단 생각이 들었다.

"근데! 지금 나한테 강신된 건 누구였어? 분명 아주 멋진 장군님이셨겠지? 이순신 장군님? 권율 장군님? 서, 설마 광개토대왕님!? 대체 누구였어?"

아, 물론.

임꺽정이 부족한 사람이란 건 아니다. 약한 신령이란 것도 아니다. 의적이 장군들에 비교하여서 더 미천하단 것도 아니다.

하지만…….

일세를 풍미한 명장이니 패왕과 비교하자면 좀 떨어지는 건 사실 아닌가. 특히 멋스러움 면에서.

더구나 여자의 몸인 다솔에게는 더욱 안 어울리고…….

하여 소영이 금방 대답하지 못하고 고개를 살짝 돌려 외면할 때, 눈치 없는 은창이 해죽 웃으며 말했다.

"임꺽정이었어! 산적! 다솔이 너 진짜 산적처럼 웃더라? 낄낄낄낄!"

은창의 말에 다솔의 얼굴에 어려 있던 미소가 싹 사라졌다.

그리고 무표정 상태로 잠시 동안 뭔가를 골똘히 생각하다 낯빛이 점점 어두워지더니, 곧 눈에서 레이저를 쏘며 은창을 노려봤다.

"이 새끼야, 너 지금 이게 재밌냐!"

다솔이 달려들며 날라차기를 시도하자, 은창은 비명을 지르며 도망치기 시작하였다.

그 둘을 쳐다보며, 소영은 만족한 웃음과 함께 자리를 정리했다.

"임꺽정이면 괜찮지. 은창을 한 방에 날릴 정도면 충분히 강하고 말이야. 스타트로서 충분히 좋았어. 뭐, 어차피 진법도 다 날아갔고 새로 만들어야 하니. 일단은 임꺽정 하나 부른 걸로 만족할까."

다솔은 앞으로도 신령을 두 명 더 부를 수 있다.

소영은 다음번엔 임꺽정보다 더 강한 신령을 부를 수 있을 것이라 믿어 의심치 않았다.

* * *

청와대.

"그렇게 된다면야……."

비서실장이 여기까지 말했을 때, 갑자기 전화벨이 울렸다. 그것도 보통 전화가 아닌, 긴급할 때에만 울리는 전화기!

"대통령입니다. 무슨 일이십니까?"

전화를 받으며 최철환의 표정은 쉴 새 없이 바뀌었고, 대부분은 경악과 우려였다. 그리고 전화를 끊었을 때. 참지 못하고 비서실장이 물었다.

"각하, 무슨 일입니까?"

"……현재 모든 해안 주요 도시에 국적을 알 수 없는 특수부대들이 기습 공격을 감행, 현재 교전 중이라 하네."

비서실장의 눈이 휘둥그레졌다.

"그, 그게 정말입니까? 누가 그런 파렴치한 짓을! 전쟁입니까?"

"모르겠네. 대체 누가 이와 같은 짓을 저지르는 것인지. 지금 당장 데프콘3를 발령하고 참모회의를 열어야겠네."

대통령 최철환은 물론이요, 비서실장도 전쟁이 벌어졌단 생각에 다리가 후들거렸다.

가장 먼저 생각난 적은 바로 중국. 그 다음이 일본이었다.

아마도 특수부대로 도시에 테러를 자행한 뒤, 혼란을 틈타 주력군세를 진군시킬 속셈인 듯했다.

이때 또 한 번의 보고가 왔으니, 예상대로 중국과 일본 등 군대 해상전력들이 한반도 근처에 접근하고 있다 한다.

오래 걸리지 않아, 긴급 연락을 받은 육군참모총장, 공군참모총장, 해군참모총장, 각군 사령관 등이 청와대 지하 벙커 회의실에 모였다.

그리고 마지막으로 들어온 합참의장이 다급하게 소리쳤다.

"각하, 대통령 각하!"

"무슨 일입니까?"

"이건 놈들의 교란 전술입니다! 마귀들이 사방에 들끓고 있는 상황에서, 과연 영토야욕을 부릴 멍청한 나라가 있을까요!? 누군지 몰라도, 놈들의 목적은 전쟁을 통한 영토병합이 아닌, 현재 한반도에 위치한 네 진법 축일 것입니다!"

합참의장의 말을 듣고서야, 갑작스런 공격과 뒤에 닥칠 전쟁에 대한 걱정으로 두뇌회전이 빠르게 되지 않고 있던 사람들이 제대로 된 판단을 내리기 시작했다.

"맙소사! 맞습니다, 의장님 말씀이 맞습니다!"

"각하! 진법이 위험합니다!"

대통령이 급히 수화기를 들어 진법의 축이 있는 곳을 방어하고 있던 부대에 전화하려던 찰나! 그보다 먼저 전화벨이 울렸다.

"대통령입니다. 무슨 일입니까!?"

합참의장의 말대로였다.

현재 남한 쪽에 위치한 동, 서, 남의 모든 진법 축이 기습 공격을 당하고 있었다! 적들은 특수부대뿐만이 아닌 잠수함과 해군함정까지 사용하여 공격하고 있었다.

국가의 구성은 중국이 가장 많은 병력을 포함했고, 뒤이어 일본이며 인도와 대만, 베트남 등등도 존재했다.

육군참모총장이 회의실 책상을 주먹으로 쾅 내려치며 이를 갈았다.

"이런 씹어 죽일 짱깨 놈들!"

그와 같은 짓을 저지를 것이 누구인지, 안 봐도 뻔했다.

전화를 끊은 대통령이 회의실 안의 사람들에게 이야기를 전파했다.

"적의 규모가 생각보다 훨씬 크다고 합니다. 가진 무기들도 대단하고 말이죠. 다행히 동, 서의 방어부대는 적의 침투를 조기에 알아차리고 대응하여 상황이 나쁘지 않습니다. 하지만, 남쪽 방어부대가 문제입니다. 적이 1차 방어선을 은밀히 무력화시키고 2차 방어선마저 전체 칠할의 피해를 주었을 때. 그때에야 적들의 존재를 알고 대응에 나섰다 합니다."

이때 다시 전화벨이 울렸다. 이번엔 북한의 김정은과 직통으로 연결된 전화기였다.

그걸 본 공군참모총장이 신음성과 함께 말했다.

"크…… 놈들이 북한에도 갔나 보군요."

남한은 바다를 통한 상륙작전이다. 하지만 북한은, 육지로 이어진 루트가 존재한다. 상대가 그곳으로 밀고 올 경우, 남한보다 더욱 격심한 공세에 시달릴 것이다.

최철환이 수화기를 들어 북측과 대화하고, 그의 안색은 더욱 어두워졌다.

참지 못하고 비서실장이 물었다.

"북측은 어떻게 되고 있답니까?"

"다행히 우리처럼 기습에 당하지는 않은 모양이군요."

대통령의 말에 비서실장이 안도하려는 찰나, 최철환이 다시 이어서 말했다.

"하지만 적들의 숫자가 우리와는 비교할 수 없을 정도로 많습니다. 인도와 중국, 일본이…… 정체가 드러나는 것도 개의치 않고 공세에 들어간 모양입니다."

긴급사태였다.

비서실장이 입술을 짓씹으며 말했다.

"도움을 청해야만 합니다."

"어디에 말입니까?"

그렇게 물어본 최철환은 이내 자문자답했다.

"퇴마사 분들을 얘기하는 것이라면 꿈도 꾸지 마십시오.

은수군을 제외한 나머지 둘은 군인도 아닐뿐더러, 그들은 마귀를 상대하는 존재이지 사람을 죽이는 이들이 아닙니다."

대통령의 단호한 말에 모두가 입을 열지 못하고 있을 때. 다시 합동참모총장이 나섰다.

"기억하십니까? 임진왜란 때, 행주산성을 비롯한 각지에서는 여인과 노인, 아이를 가리지 않고 적들과 싸워 나라를 지켰으며 6.25 때에는 학도병이란 이름으로 고등학생들이 전장에 나가 싸워줌으로서 나라를 지키고 민주주의를 수호할 수 있었습니다. 지금은 국가 긴급 사태입니다. 전쟁입니다. 한 곳이라도 뚫릴 경우, 마귀에 의하여 대한민국의 수많은 국민이 죽임을 당할 것입니다. 우리의 진법을 시기하고, 탐욕을 드러낸 다른 국가의 군인에 의해서 그렇게 될 것입니다!"

참모총장의 말이 틀리지 않음을 최철환도 알았다.

그가 입술을 깨물었다.

*　　*　　*

소영과 은창, 다솔은 긴장한 기색이 역력했다.

마귀라면 모를까, 사람과. 그것도 군대와 싸우는 것은 이것이 처음이었다.

"어쭙잖은 감상에 휩싸이지 말고, 죄책감에도 시달리지 말아라. 너희는 한시적으로나마 특수군인이 되었고, 나라와 국민을 위해서 싸우는 것이다.”

“아, 알았어…… 형.”

은수는 동생들이 가진 마음의 짐을 덜어주기 위하여 다시 말했다.

“저들은 우리나라가, 진법을 옮겨서 다른 나라에 설치한다 한들, 한반도가 아닌 다른 곳이기에 진법이 작동하지 않을 것이라 얘기해도 거짓말이라 생각했고. 우리가 진법을 새로 만드는 방법을 모른다 하자, 자신들이 마귀에 시달릴 때 한국만 안전하게 지내며 상대이익을 누리려 하는 것이라며 비난했다. 그리고 지금 이렇게, 자신들 나라의 안위를 위하여 우리나라를 함부로 침략하고 한국 오천만 국민의 목숨을 위협하고 있다. 셋 다 잘 들어라. 우리가 막지 못하면, 우리가 놈들을 죽이지 못하면. 대한민국은 사라지고, 국민들도 모두 죽고 말 것이다.”

“알겠어, 오빠.”

하지만 그래도 마음이 편치 않은 것은 어쩔 수 없었다. 사람을 죽여본 적도, 사람을 죽이는 일이 생길 수도 있을 것이라 마음의 준비를 하고 있던 입장도 아니지 않은가.

자신과 남한을 공격하면 핵을 쏘겠다던 북한이었지만 정작 이렇게 공세가 퍼부어졌을 땐 차마 핵을 쏘지 못했다.

그도 그럴 것이, 북한이 핵을 사용할 경우 인도와 중국 등도 핵을 쏠 것이 자명하기 때문이었다. 땅도 작아 핵공격에 취약하고, 가진 핵무기의 숫자도 현저히 적은 북한으로서는 핵전쟁 돌입이란 자충수일 뿐이었다.

그저 북한의 핵 때문에 다른 국가들도 핵을 사용하지 못한다는 게 위안일 뿐.

은창, 은수, 그리고 소영과 다솔 팀.

이렇게 셋이 같이 다닐 수는 없었다. 은수는 자신의 헬기를 탄 뒤 서쪽으로 향했고, 소영과 다솔은 동쪽을 향했다. 그리고 은창은 중간에 이린을 픽업하여 그녀를 안고 남쪽을 향했다.

가장 격전이 벌어지는 곳이라 부상자도 많을 것이라 예상되어 이린이 함께했고, 가장 먼 곳이라 기동력이 뛰어난 은창이 가게 된 것.

"오빠, 괜찮으시겠어요?"

은창의 품에 안겨서 날아가고 있던 이린의 말이었다.

걱정 섞인 그녀의 물음에 은창은 마음속의 근심이 드러나지 않게 조심하며 말했다.

"응, 괜찮아. 우리나라를 공격하고 그 사람 많은 대도시에 테러를 자행한 놈들이야. 조금도 망설임은 없어."

하지만 어찌 그러겠는가!

말은 그렇게 하지만, 은창은 자신이 과연 사람을 죽일 수 있을지 걱정되고 또 두려웠다.

은창이 미약하게 떠는 것을 느낀 이린이 그의 손을 꼬옥 잡아줬다.

그 손의 온기 덕분일까, 은창은 몸의 떨림이 멈춤을 느껴 이린을 보고 온화하게 웃어줬다.

비공익의 속도는 실로 놀라워서, 은창은 출발한 지 얼마 안 되어 남쪽 끝에 당도할 수 있었다. 그런데 그때, 그의 눈에 저 멀리 불타고 연기가 피어오르는 대도시의 모습이 보였다.

바로 부산이었다.

한시 빨리 가서 진법의 축을 살펴야 하지만, 도무지 그럴 수가 없었다.

은창은 미리 준비해 놨던 특수재질의 투명한 비닐 막을 이린에게 씌워주고, 비공익을 지금보다도 더욱 빠르게 전개했다.

쿠와아앙!

그 가속력이 엄청났지만 이린 역시 이제 보통 사람이 아니기에 조금 현기증을 느끼면서도 견뎌낼 순 있었다.

그리고 약 10초도 흐르지 않아 도착한 부산 상공.

은창은 말을 잊었다.

곳곳에서 비명 소리가 울려 퍼지고 있었고, 폭발당한 건물들이 심심찮게 눈에 띄었다.

터턱.

한 거리에 내려앉은 은창.

이곳이 어디인지는 모르지만, 죽은 사람들의 시체가 이리도 많은 걸 보면 분명 부산에서도 유명한 번화가였을 것이다.

어린아이, 여자, 남자, 노인을 가리지 않고 총에 맞아 죽은 사람들의 시체가 곳곳에 즐비했다. 백 명? 이백 명? 숫자로 셀 수도 없을 정도이다.

두두두두두!

"카하하하! 가오리 빵즈! 빵즈!"

빵즈란 말은 중국인들이 한국인을 비하할 때 쓰는 단어이다.

지금 신이 나서 총을 난사하고 있는 세 명의 군인이 그렇게 소리치고 있었다.

후우...... 후우우.......

은창이 가쁜 숨을 몰아쉬며 그 셋을 노려보다, 부서진 콘크리트 조각 하나를 발로 뻥 차버렸다.

퍼석!

신나게 총을 난사하고 있던 셋 중의 하나. 그의 상체가 '사라졌다'.

남은 건 피분수와 핏자국뿐이다.

"으아아악! 뭐야!?"

중국어로 소리친 남은 두 명이, 혹시 어디 저격수라도 있나 싶어 급히 몸을 날리려다 은창과 이린을 발견했다.

그리고 이미 살육과 전쟁의 광기에 휩싸여 제정신을 못 차리고 있던 두 사람은 저격수에 대한 공포도 잊고 말했다.

"저놈들은 뭐야?"

"어? 이린이다! 이린!"

이린은 중국에서도 유명했다. 한국에서뿐만이 아니라 중국에서도 슈퍼스타이며, 수많은 남자의 사랑을 받고 있다.

이린을 본 두 특수부대원의 눈동자에 탐욕이 진하게 깃들었다.

"헤헤. 여기에서 우리가 저년을 강간한다 해도, 그 누가 뭐라고 하겠어?"

"전리품이다, 전리품! 빵즈 최고의 미녀를 더럽혀 주자!"

그들이 그렇게 말할 때, 은창은 이린을 내려두고 그들을 향하여 걸어갔다.

"그런데, 저 애새끼는 뭐야? 왜 다가와? 재수없게끔."

그렇게 말하며 두 특수부대원 중 하나가 은창에게 총구를 겨누고 쐈다.

따당!

하지만 그 총알은, 총은.

여태까지 두 중국인이 쐈을 때처럼 한국인의 살을 가르고 머리를 꿰뚫고 목숨을 빼앗지 못했다.

그저 은창이 팔을 들어 핀 손바닥에 막혔을 뿐이다.

"뭐, 뭐야 저거!?"

놀라서 소리치며, 두 특수부대원이 은창에게 총을 난사하기 시작했다.

두두두두두두두두두!

티티티티티팅.

음속의 속도로 은창에게 날아왔던 탄환들은, 모두 그의 손바닥과 부딪쳐서 허무하게 쪼그라들어 땅바닥으로 떨어졌다.

"으아악! 뭐, 뭐야 저거!?"

한 중국 군인이 그렇게 소리친 순간, 은창이 팔을 천천히 내리며, 고개를 모로 꼬았다.

그 눈에는, 은창이 처음으로 가져보는 진득한 살기가 실려 있었다.

퍽! 퍼퍽!

첫 번째 퍽 소리는 은창이 땅을 밟아 두부처럼 으깰 때 난 소리였고, 두 번째 퍽 소리는 그의 주먹이 한 중국 군인의 심장부위를 정확히 관통할 때 난 소리였다.

"괴…… 괴물!"

그렇게 말하며 마지막 남은 중국특수부대원이 컴뱃나이프를 꺼내 은창에게 휘둘렀고, 은창의 손이 나이프와 손을 동시에 낚아채었다.

은창은 무감정한 눈빛으로 중국 군인을 보며 손에 힘을 주었다.

우저적—!

나이프를 쥔 손과 나이프가 전부 은창의 손에 의하여 압착되고 찌그라 들어, 뼈와 쇳조각이 서로 부딪쳐 소리를 내고 피와 살점이 밑으로 뚝뚝 떨어졌다.

"아악, 아아아아악!"

비명을 지르는 중국군인의 목을 수도로 쳐서 날린 후, 은창이 가만히 서서 움직이지 않았다.

그리고 이린이 다가와 그를 뒤에서 끌어안았다.

"오빠, 괜찮아요?"

은창에게 피가 묻어 있어서, 그녀 자신의 몸에도 피가 묻었지만 이린은 개의치 않았다.

"아. 네, 괜찮아요. 이것들은 사람이 아니었어요. 사람도 아닌 놈들을 죽였는데, 안 괜찮을 리가 없잖아요."

은창이 그렇게 말했을 때, 이린이 그의 손을 잡아주며 말했다.

"오빠, 전 우선 여기에 남아서 다친 사람들을 치료하고 오빠를 따라 제주도로 갈게요. 오빠는 먼저 가서 진법축을 막아 줘요."

하기야.

부산처럼 인구가 밀집된 도시에 부상자가 훨씬 많을 것이니, 이곳을 먼저 치료하는 게 더 많은 인명을 구하기 위해서는 맞는 판단이었다.

"알았어요, 그럼. 근데 그전에, 남은 놈들은 대충 처리해야겠어요."

이린과 대화하며, 은창은 귀와 코에 금양보력을 집중시키고 인지능력을 끝없이 확장시켜, 현재 부산 시내 곳곳에서 테러를 자행하고 있는 특수부대원들의 위치를 약 95% 이상 알아낸 상태였다.

하여, 이린을 떼어놓자마자 비공익을 최고조로 전개하여 빛살과 같은 소리로 이곳저곳, 이 빌딩에서 저 빌딩을! 이 지하도에서 저 고가도로로! 이 빌라에서 저 집으로!

마치 부산을 공중에서 바라보면 그저 3초 만에 거의 모든 부산 시내를 잇는 청백색 빛의 선을 만들어내듯 하며 움직였다.

그리고 그가 멈췄을 땐, 은창이 미리 알아냈던 95%에 달하던 특수부대원들이 전부 피 떡으로 변하여 죽어 있었다.

남은 숫자는 약 10명가량.

저 정도야, 아직 부산에 남아 있던 경찰력의 힘으로 제압할 수 있을 것이다.

그렇게 생각하며 은창은 하늘 높이 날아올라 제주도로 향했다.

Chapter 7

사람과의 싸움

“나쁜 새끼들!”

소영은 하늘 위에서 다솔과 함께 잠깐 내려다보다, 이내 욕설과 함께 두 팔을 밑으로 뻗었다.

그러자 바닷물이 크게 출렁이더니, 아직도 상륙하고 있던 적군 병력을 휩쓸었다.

“으아악! 이게 뭐야!?”

“아악, 해일이다!”

갖가지 언어로 된 비명 소리가 연속해서 울려 퍼지고, 수백의 병사가 해일에 휩쓸려 없어졌다.

분명 저 중의 대다수가 목숨을 잃을 것이다. 하지만 소영은 입술을 한차례 거칠게 뜯는 것으로 죄책감을 떨쳐내고 다솔을 쳐다봤다.

"준비됐어?"

"응, 언니!"

"좋아. 그럼 시작하자!"

말하며 소영이 강신의 술을 외니, 곧 밝은 빛이 다솔에게 뿜어지며 그녀의 키와 체구가 커졌다.

"우하하하하! 그래, 무슨 일로 불렀더냐?"

소영이 밑을 가리키며 말했다.

"감히 우리나라를 침략하여 힘없는 이들을 죽이고, 우리나라를 마귀에게서 지켜주던 진법을 파괴하려 드는 놈들입니다! 모두 막아주세요!"

그녀의 말을 듣고서 임꺽정의 눈이 희번득 돌아갔다.

"이런 쌍노무 새끼들이! 우라아아앗!"

임꺽정이 강신된 다솔이 양쪽 허리춤에 달고 있던 도끼를 움켜쥐면서 땅 밑으로 강하했다.

쿠와앙!

엄청난 충격파와 함께, 해일에 쓸려가지 않았던 적군들 수십이 피 떡이 되어 사방으로 날아갔다.

전생에서, 임꺽정은 그저 타고난 힘만으로 싸워대던 그런

산적이 아니었다. 당대에 임꺽정은 칠장사라는 기공으로 극히 유명하던 절에서 정식으로 무술과 기공을 배웠고, 종내에는 조선제일고수의 경지까지도 올라갈 수 있었다.

비록 지금은 칠장사를 비롯한 수많은 기공이 실전되었다지만, 그 당시 조선의 기공은 중국의 내공에 비하여 조금도 꿀리지 않고 외려 뛰어난 구석이 있는 수련이었다.

임꺽정은 소영이 다솔에게 전해 주는 무저영력의 기운을 자신이 익힌 기공의 운영법에 따라 자유자재로 활용하며, 또 다솔이 본래 익히고 있던 조악한 기공도 자신의 것으로 만들어 효과적으로 사용할 수 있다.

땅에 떨어진, 두 자루의 도끼를 손에 쥔 소녀.

이게 대체 뭔가 싶어, 적군들이 총도 못 쏘고 멍하니 쳐다볼 때. 다솔이 자신이 만들어낸 흙먼지 속에서 한쪽 입술을 말아 올리며 짧게 웃음도 기합도 아닌 소리를 내질렀다.

"하!"

그리고 날아간 두 자루의 도끼!

붕붕붕붕— 퍼퍼퍼퍽!

병사 네 명의 목이 동시에 날아갔고, 도끼는 피를 머금고 돌아와 다솔의 손에 잡혔다.

"뭐, 뭐야!

그나마 기민한 병사가 다솔에게 총을 점사로 발사했다.

따다당!

그 공격이 정확히 다솔의 이마에 명중했지만, 다솔은 그저 머리를 살짝 뒤로 젖히며 '호오?' 하는 표정을 지었을 뿐이다.

"그건 무엇이냐? 화승총이란 건가? 아니, 그보단 더 강력하구나. 하지만…… 그저 따끔할 뿐이구나."

"괴, 괴물이다."

"공격해! 공격!"

두두두두두두두두두두두!

다솔의 앞에 서 있던 수십의 병사가 동시에 총을 발사하였고, 임꺽정이 강신된 다솔은 두 자루의 도끼를 손안에서 휘휘 돌리며 팔이 마치 열두 개로 늘어난 듯한 잔상을 남기며 현란하게 움직였다.

따다다다다다다다당!

모든 공격이 도끼에 가로막혔다. 하지만 아직도 현대식 총의 위력을 오판하고 있던 임꺽정 때문에 도끼 곳곳에 구멍이 뚫리고 날이 나가 버렸다.

"흥! 이 도끼는 더 이상 못 쓰겠군."

그렇게 말하며 임꺽정이 오른손에 든 도끼를 오른쪽에서 왼쪽으로 거세게 휘둘러 던져 버렸다.

"갈아버려라!"

맹렬한 회전을 머금은 도끼가 오른쪽에서 왼쪽으로 완만한 곡선을 그리며 땅바닥과 병사들을 동시에 갈아버렸다.

피가 마구 터지고, 임꺽정은 왼손의 도끼도 같은 방식으로 던져 버렸다.

"갈아버려라!"

이번 도끼는 왼쪽에서 오른쪽으로 완만한 곡선을 그리다, 수륙양용장갑차 하나와 부딪쳐서 그것을 절반 가까이 부숴 버리다 멈췄다.

"그 쇳덩이, 꽤나 단단하구나."

그렇게 말한 뒤, 임꺽정이 등에 메고 있던 날이 두꺼운 대도를 손에 쥐었다.

"크하! 그래, 도끼도 좋지만 이 칼도 좋지! 각오해라, 흉적 놈들!"

콰콰콰콰!

임꺽정이 마구 베고 부수다 보니, 얼마 시간이 흐르기도 전에 상륙했던 병사며 전차들이 모조리 움직임을 멎었다.

아직 상륙하기 전이었던 상륙함과 잠수함 등도 모두 소영에 의하여 침몰하였으니, 종이 있는 곳 근처에 견고하게 만들어져 있던 군사기지에 이미 침투한 적들을 제외하고는 모든 적이 말소되었다.

"좋아. 이제 안쪽에서 교전 중인 놈들을 처리하면 돼요!"

"크하하, 좋지! 좋아! 나 먼저 가마!"

그리고 소영과 다솔의 몸에 강신된 임꺽정은 앞서거니 뒤서거니 하며 기지 안으로 들어갔다.

* * *

동해의 해상기지.

그 근처에서 기지 방어를 위해 상시정박하고 있던 한국군 동해함대와 적 함대가 교전을 치르고 있었다.

구축함, 이지스함, 잠수함 등이었는데, 그 숫자가 워낙에 많아 오래지 않아 동해함대가 괴멸할 것만 같았다.

한국형 이지스함의 함장이자 현재 제1함대 사령관을 맡고 있던 윤형식 대령은 피가 날 정도로 입술을 깨물며 마이크를 들었다.

"모두 잘 싸워주었다. 전임 사령관님이 장렬히 전사하시고, 수많은 전우도 나라를 지키기 위하여 산화했다. 마지막까지 항전하자. 마귀가 인류를 위협하는 이 상황에서도, 이렇게 사람끼리 싸우게 만드는 저 비열한 적들에게 지지 말자. 모두…… 우린 대한민국 해군이다."

동료 함정들이 수도 없이 침몰되는 것을 지켜보며 사기가 바닥을 치고 있던 해병들이 윤형식의 한마디에 다시 힘을 얻어, 큰 함성을 질렀다.

이미 모두 죽음을 각오하고 있었다.

그리고…….

적 함정들과 잠수함에게서 수십 발의 어뢰와 수백 발의 함대함 미사일들이 해일처럼 밀려왔다.

"남은 모든 탄을 발사하라! 죽더라도, 적과 함께 죽는 거다!"

남은 열 척 남짓한 함정들에 올라타 있던 해병들은 눈앞에 당면한 죽음 앞에서 한 명도 도망치지 않고, 그저 각자의 역할에 충실했다.

방어를 책임 맡은 이들은 방어에 온 힘을 쏟았고, 공격을 맡은 이들은 벌게진 눈으로 탄을 나르고 발사했다.

하지만 수십, 수백 발의 어뢰와 미사일을 모두 요격할 수야 없는 일. 전체 미사일의 30%를 제외한 나머지 70%가 살아남아 한국군 함정들에 쇄도했다.

그런데 이때.

바다 밑에서 갑자기 어뢰가 하나둘 터지기 시작했다.

푸확! 푸화아악!

한국군 함정에 도달하기도 전에 터진 어뢰들에 의하여 수면으로는 물기둥이 솟았다.

"뭐지……?"

알 수 없는 일에 윤형식이 중얼거릴 때, 어뢰의 폭발에 의한 것이 아닌 것처럼 보이는 물기둥이 수면에 서서히 올라오기 시작했다.

굉장히 높고, 넓게!

그리고 나타난 것은 금속으로 이루어진 거대한 거인이었다!

공상과학소설과 SF영화에서 나오는 것 같은, 멋들어진 로봇은 아니다. 마치 커다란 틀을 만들어 그 안에 쇳물을 부어 만든 것처럼, 연결부가 하나도 없는 통짜였다. 관절에도 관절부가 보이지 않고, 피스톤도 보이지 않는다.

그저 잘 만든 강철상이다! 움직일 수가 없을!

근데 그게, 움직이고 있었다.

"마…… 맙소사?"

게다가 이곳은 동해다!

수심이 말도 못할 정도로 깊다.

그런데 저 강철거인은 가슴께까지 모습을 드러내고 있다. 진정 거대한 크기인 것이다.

강철거인이 양팔을 모아, 팔뚝으로 수백 발의 대함미사일을 막았다.

쿠아아앙— 쿠앙— 콰콰콰콰콰!

폭음이 연속하여 울려 퍼지고, 거인의 팔뚝이 너덜너덜해졌지만 미사일들도 모조리 터졌다.

더 놀랄 일이 벌어졌다.

사방으로 갈가리 찢겨 퍼졌던 거인의 강철 조각들이 흐물흐물해지면서 마치 젤리처럼 변하더니, 하나둘 자석에 이끌리듯 날아와 팔뚝에 다시 붙었다.

그리고 거인의 팔뚝은, 비록 처음에 비해서는 다소 얇아졌지만 형태를 그대로 유지하게 되었다.

이때.

위에서 하나의 목소리가 들렸다.

"들어라, 침략자들아. 난 대한민국 국군 대마귀특수군단의 군단장, 예은수 소장이다. 지금, 너희에게 대마귀특수군단의 힘을 보여주마."

한국군이며 일본군, 중국군, 인도군, 기타 등등 군대들의 시선이 목소리가 들려온 허공으로 갔다.

거기엔, 팔각형 모양의 판에 올라탄 은수가 바람에 흩날리는 하얀색 코트를 입은 채 서 있었다.

윤형식은 머릿속이 '띵' 하고 울림을 느꼈다.

'대마귀특수군단? 그게 뭐지? 아니, 잠깐! 예은수? 예은수라면…… 퇴마사의 장남!'

은수가 이미 주파수를 정확히 맞춰놨던 무전기를 들고 작게 속삭였다.

"전 함정, 후진하라. 반복한다. 전 함정, 후진하라."

뭔지 모르지만 은수의 명령이라면 따라야 한다! 지휘체계나 계통 문제를 떠나서 반드시 그래야 한단 생각이 들었다.

하여 윤형식이 급히 소리쳤다.

"전 함대, 물러나라! 전속력으로 물러나라!"

몇 척 남지 않은 잔존함대들이 최대출력으로 전장에서 멀어지기 시작하였지만, 적 함대들은 갑자기 등장한 은수와 태권의 장대한 위엄에 눈이 팔려 알아차리지 못했다.

그 가운데서, 은수가 태권에게 밑으로 향하는 손짓을 했다.

대한민국 정부의 전폭적인 지원 하에 오성그룹과 수많은 과학자의 협력으로 만들어진 거인!

태권이 갑자기 몸을 움츠렸다.

수우우욱―!

상체와 머리가 물에 잠기고, 그것만으로도 소용돌이가 바다위에 생겨 소형함정들이 갈피를 못 잡고 휘청였다.

하지만 이때까지도 적군들은 몰랐다.

태권이 왜 몸을 움츠리며 갑자기 바다 속으로 사라지는지! 그저 놀란 눈으로 쳐다볼 뿐이다.

그래도 그중 눈치가 빠른 병사 하나가 일본어로 소리쳤다.

"도약, 도약을 준비하는 거다!"

그 말을, 이 연합군 함대를 지휘하고 있던 일본 도호 제독이 들었다.

"도약이라고!? 그, 그렇다면!?"

도호 제독이 급히 한국 함정들을 찾았다. 하지만 그들은 이미 한참이나 뒤에 떨어진 상태로, 계속하여 후퇴를 하고 있었다.

"맙소사! 후퇴, 후퇴하라! 해일에 대비하라!"

그렇게 소리친 순간, 태권이 점프를 했다.

푸화아아아아아!

엄청난 물보라와 함께 포말이 사방으로 흩어지고, 태권은 놀라운 도약력으로 상체만이 아닌 하체까지 전부, 수면에서 약 10미터 높이까지나 붕 날아서, 적군 함대들의 정가운데에 있던 도호 제독의 이지스함에 양팔과 양다리를 활짝 편 채로 몸통 박치기를 가했다.

"으악, 으아아악!"

도호 제독이 타고 있던 일본 해군 최고 이지스함의 자위대원들은 마치 밤이 온 듯 순식간에 어두워진 가운데에서 목이 찢어져라 비명을 질렀다.

그리고 마지막까지 일본 장군다운 평정심을 유지하고 싶었던 도호는 결국 마지막 순간, 두려움을 이기지 못하고 양손으로 머리를 감싸 쥐며 비명을 질렀다.

"아아아아악!"

끼익— 우저저적!

일본이 자랑하던 이지스함이 통째로 우그러지고 박살 나버렸고, 10미터 높이에서 낙하한 태권의 거대하고도 상상을 초월할 정도로 무거운 몸체는 바다에 최대한의 충격을 전해주어, 사방으로 엄청난 높이의 해일을 선사했다.

"모두, 해일에 대비하라!"

"구명보트! 구명조끼를 입어!"

하지만 이미 늦었다.

태권 근처에 있던 수십 척의 적 함정이 충격파와 해일에 의하여 혹은 반으로 쪼개지고 혹은 전복되어 침몰했다.

이 한 번의 도약에 이은 낙하 공격으로 인하여 적군 함정의 60% 이상이 침몰했다.

위에서 차가운 눈으로 지켜보고 있던 은수의 입술 사이로, 핏물이 주르륵 흘러내렸다.

저 거대한 태권을 조종하는 것은 은수의 현현주력으로써도 굉장한 부담이었다. 게다가 이렇게, 자신이 위에서 지켜보기 위하여 팔각판까지 현현주력을 넣어주고 있으니 은수는 엄청난 무리를 하는 중이었다.

"내가 여기서 쓰러지는 한이 있더라도, 너희는 모두 격퇴하고 말겠다."

그렇게 말하며, 은수는 다시 태권을 움직였다.

그나마 바다이기에 태권을 이리 오래 움직일 수 있는 것이다. 지상이었으면 벌써 현현주력이 바닥났을 것이다.

*　　*　　*

“간나 새끼들! 지겹도록 몰려드는고만기래!”

눈이 붉어지고 피부가 검어진 리도산이 가쁜 숨을 몰아쉬며 씩씩댔다.

인해전술!

바로 중국을 대표하고, 오직 중국만이 할 수 있는 끔찍하면서도 강력한 전술이다.

지금 진법축이 위치한 곳으로 몰려드는 적군 보병의 숫자는 정말 신물이 날 정도로 많았고, 그 사이사이에 낀 장갑차와 전차들 역시 엄청난 숫자이다.

북한 역시 북방에 자리 잡고 있던 보병부대와 기갑부대들을 급히 모아 항전하고 있지만 중과부적이었다.

하지만 하나의 차이점이 있었으니.

바로 리도산의 존재였다.

리도산은 오대성력을 사용하여, 자신의 몸을 반만큼이나 마귀화시킨 뒤 혼자서 수도 없이 많은 적을 격퇴했다. 보병도, 장갑차도, 전차도. 리도산 앞에서는 소용이 없을 정도.

"기래! 내 오늘 여기서 죽갔어! 하지만 말이야. 니네 짱깨 새끼들도, 여기서 죽는기래!"

그렇게 외치며 리도산이 다시 움직여, 보병 중대와 전차 중대 하나를 쓸어버렸다.

바로 이때!

갑자기 적의 보병들 사이에서 뭔가 하얀 빛이 번쩍했다.

"뭐, 뭐간 이기래!?"

리도산이 마귀화하여 길어진 손톱을 급히 휘둘러, 자신에게 빛살처럼 쏘아져 온 열여덟 개의 비도를 모두 쳐 냈다.

"제법이로구나, 조선인!"

그 외침과 함께 중국군 보병들 사이에서 몸을 쑤욱 하고 빼내 한 번의 도약으로 리도산의 근처를 포위한 것은 중국군 병사 옷을 입은 대머리들이었다.

"뭐간, 이 민대머리들은?"

열여덟 명 중에서 가장 눈빛이 깊던 한 명이 손에 들고 있던 두꺼운 쇠지팡이를 제대로 고쳐 잡으며 말했다.

"백련사다! 사특한 무리는 무릎 꿇으라!"

그 외침과 함께 백련사의 무승들이 독특한 진법을 유지하며 리도산을 공격하기 시작했다.

그들은 진정 강했다.

리도산은 악전고투를 치르며 세 명의 무승들을 쳐죽였지

만 자신의 몸에도 수없이 많은 상처를 얻게 되었고, 더 절망적인 것은.

백련사의 무승들은 그 뒤로도 속속들이 나타났다는 점이다.

*　　*　　*

남쪽은 가장 상황이 안 좋은 곳이었다.

적을 가장 늦게 알아차렸고, 적이 이미 상당수 기지 내부에 침투하여 있었다.

전황이 바뀐 것은, 청백색으로 빛나는 날개를 지니고 영롱한 빛가루들을 뿜어내는 청년이 등장한 순간부터였다.

은창은 우선 진법축인 종에 가장 가까이 접근한 적들부터 시작하여 마치 농부가 낫을 들고 추수를 하듯, 수없이 많은 적군을 미친 스피드로 죽여 나갔다.

기지 곳곳으로 청백색 빛으로 이루어진 선이 쭉쭉 이어지고, 곧 은창은 남쪽 기지에 공격 들어온 모든 적들을 처리했다.

"하아…… 하아."

아무리 은창이라도 힘이 들 수밖에 없었다.

현재 오대성력의 후계자들 중 가장 강력한 것이 은창이라고는 해도 말이다.

이때 그의 스마트폰이 울렸다.

"아, 형! 누나. 응, 이쪽은 다 정리됐어."

은수와 소영 역시 각자 맡은 곳을 확실히 정리한 상황이었고 이린 역시 무사했다. 그런데, 북한과의 협력을 통하여 오대성력의 후인들끼리는 자유롭게 5자 통화가 가능한 이 스마트폰에, 리도산만이 대답을 하지 못하고 있었다.

"설마……."

다른 이들과 스마트폰을 통한 대답을 하며, 아직 그래도 여력이 꽤 남은 은창은 비공익을 전개하여 서울 쪽으로 향하고 있었다.

사실 지금 소영과 은수는 상태가 그리 좋지만은 않았다.

은수는 세 방면의 적들 중에서 가장 강하다 할 수 있는 대함대와 싸운 결과로 현현주력을 바닥까지 사용하였고, 소영은 다솔의 강신이 끝남으로 인해 당분간 다솔이 힘을 발휘하기 힘들었다.

이때.

은수가 긴급하게 말했다.

"은창! 미안하지만 네가 다시 가줘야겠다. 괜찮겠나?"

"어디? 북쪽 진법축으로? 으…… 어쩔 수 없지. 알았어. 상황이 많이 안 좋아?"

“그래. 위성으로 살펴본 결과, 현재 리도진은 괴이한 놈들에 의하여 죽임 당하기 일보직전이고, 리도진이 그들에게 묶여 있는 사이 북한군은 중공군에 의하여 후퇴를 거듭하고 있다. 빨리 가야 한다, 은창! 북쪽이 뚫리면 한반도는 끝장이다!”

상황이 생각보다 훨씬 더 급박했다.

자신이 늦게 도착하면, 고작 1~2초 차이로 진법이 당하여 풀릴 수 있다.

그것은 크나큰 재앙으로 다가올 것이고, 마귀들은 그 틈을 놓치지 않고 수도 없이 한반도로 강하하여 인세의 지옥을 만들 것이다.

“알았어, 형!”

대답과 함께 은창은 비공익을 최대한으로 전개하여 풀 스피드를 끌어냈다.

츄화아아악!

0.2초 만에 시속 100km.

0.5초 만에 시속 300km.

1초가 되었을 무렵, 은창의 몸 주변으로 하얀 수증기가 모여들며 응축되더니, 1초가 되었을 때엔 시속 1,200km가 되어 마하를 돌파하면서 폭음과 함께 수증기가 은창의 뒤에서 펵하고 터졌다.

마하를 돌파한 이 상태로도 속도는 줄거나 유지되지 않았고, 계속하여 높아졌다.

삐이이이이익!

제트기가 만들어내는 날카로운 소리와 함께, 은창은 계속하여 속력을 높여갔고, 종내에는 마하10도 넘어버렸으며 끝내는 마하23의 제1우주속도에까지 도달했다.

순식간에 북한 지역을 넘어서, 격전이 이루어지는 장소까지 간 은창!

속도를 줄이고 줄이던 은창은 백련사 무승들과 싸우는 리도진을 발견했다.

그대로 낙하!

강림!

Chapter 8
강림

은창이 무승들 가운데에 착지한 순간, 엄청난 폭음과 함께 충격파가 사방으로 퍼져 나갔다.

뒤이어 무승 넷의 머리가 허공으로 튀어올랐다.

착지하면서 은창이 그들을 지나칠 때, 양쪽 수도로 그어버렸던 것이다.

갑작스러운 일에 다른 무승들이 당황할 때, 은창이 몰아치기 위하여 움직였다.

퍼퍼퍼퍼퍽!

여덟 개의 분신을 만들어내듯 잔영을 남긴 은창에 의하여 무승 여덟이 또 추가로 피를 뿌리며 쓰러졌다.

지금 막 리도진의 머리를 지팡이, 계장으로 부숨으로 마무리 지으려 했던 백련사 방장이 급히 뒤로 물러나며 소리쳤다.

"금양보력! 금양보력이다! 모두 나와 백련대진을 펼쳐라!"

그러자 아직까지도 정체를 숨기고 있던 백련사 무승들이 사방에서 불쑥불쑥 튀어 올라, 은창의 주변에 독특한 대형을 유지하며 내려섰다.

그 순간, 은창의 전신으로 마치 태산이 짓누르는 듯한 압력이 느껴졌다.

"큭! 이건 뭐야?"

은창이 인상을 찡그리며 그리 말하는 순간, 그와 거리가 떨어져 있던 무승들 넷이 갑자기 살짝 뛰어 오르며 단도를 날렸다.

깡깡깡깡!

급히 막았지만, 상당히 위험했었다.

이 적들은 다솔의 기공과 비슷하지만 다른 내공을 지니고 있는 듯, 은창의 금양보력도 위협할 만한 날카로운 기운을 무기에 담을 수 있었다.

지금 은창을 가운데에 두고 진법을 펼치고 있는 것이 무려 48명이다.

그들의 힘이 은창을 짓누르고 있었다.

"여기서 오대성력 중의 둘을 죽이고 이 진법을 뽑아, 우리 중화를 위하여 사용할 것이다! 공격하라!"

백련사 방장의 외침에 무승들이 은창 하나만을 노리고 공격을 시작했다.

이미 리도진이 모든 힘을 사용하고 쓰러진 상황, 은창을 도울 사람은 아무도 없었다.

아니, 그보다 더 큰 문제가 있었다.

은창 역시 백련사 무승들에 의하여 발이 묶여 있을 때, 이미 북한군의 외부 병력들은 모조리 전멸되었고 중공군이 진법축을 지키는 기지로 꾸역꾸역 밀려들고 있었다.

최후 방어선에 있던 채정철 인민군 중장은 본래 장성에게는 자살용으로 지급되는 권총의 실탄을 다시 확인해 보고 진지 위에 놓더니, 수십 년 만에 다시 AK소총을 손에 들었다.

"간나들! 개간나들! 들어오기만 해보라우. 모조리 쏴 죽여버리갔어! 동무들! 동무들도 절대 물러서지 말라우. 이걸 뺏기면 우린 끝장이야기래!"

"알갔습네다!"

이곳은 진법축으로 향하는 유일한 통로.

여기를 뚫리면 끝장이었다.

통로 끝 진지에 주르르 서서 적을 기다리던 채정철과 그의 일곱 수하들은 이미 죽음을 불사하고 있었다.

중공군의 무지막지한 인해전술에 의하여, 북한군 북쪽 전력의 70% 이상이 궤멸당했고, 이곳 기지를 지키던 방어병력들 역시 자신들을 제외하고는 모조리 죽었다.

이곳을 지키는 여덟 명?

고작 여덟 명으로 무엇을 한단 말인가.

적들은 여덟이 아니라 80명, 아니, 800명도 넘을 대병력이다. 한 명이 100명씩을 죽여도 다 못 죽일 것이다.

다다다다다다—

무수히 많은 발자국 소리가 복도에 울려 퍼지기 시작했다. 중공군들이 달려오고 있음에 분명했다.

"너! 수류탄 꺼내라우."

채정철이 가리킨 수하가 얼른 수류탄을 꺼냈다. 채정철은 씩 웃으며 말했다.

"우리가 가진 수류탄을 다 한 번씩 까서 던지면, 최소한 오십 명은 데리고 갈 수 있갔지? 동무, 동무는 왼쪽으로 던지라우. 내가 오른쪽으로 던지갔어."

그리고 침착하게 발걸음 소리를 들었다. 그 소리가 가까워지는 속도를 쟀다.

"지금 까라우!"

그 말과 함께 채정철과 수하가 수류탄의 안전핀을 뽑았다.

"아직이라우, 기다리라우. 자, 너하고 너! 너도 지금 수류탄 꺼내라. 우리가 던지고서 연달아 던지는 기야, 알간?"

그러자 다른 수하 둘이 결연한 표정으로 대답을 하고, 채정철은 다시 처음에 자신이 지목했던 수하를 쳐다봤다.

"……손 떼라우. 그리고 지금! 던져!"

신관이 작동하는 시간까지 정확히 계산한 수류탄 두 발은, 공을 세우기 위하여 앞다퉈 달려오고 있던 중공군 여섯이 복도에 모습을 드러냈을 때. 그들의 발밑으로 떨어졌다.

"어, 어?"

"으아악!"

수류탄이 터지고, 상황도 모르고 달려왔던 다른 중공군 셋까지 해서 도합 아홉이 수류탄의 폭발에 휘말렸다.

"던지라우!"

채정철의 말에, 아까 대기하고 있던 두 병사도 수류탄을 던지고. 때를 맞추어, '방금 터졌는데 수류탄이 연달아 오진 않겠지!' 하고 생각하며 다시 달려오던 중공군들이 복도로 밀어닥쳤다.

그리고 발밑에 구르는 수류탄을 봤다.

"헉?"

꽈과광!

이번엔 아까보다 적은 일곱 명이 피 떡이 됐다.

"키하하, 좋아! 좋아! 이제 총 쏘라우! 쏘라우!"

하지만 이런 분전도 잠깐, 5분도 지나기 전에 수류탄은 바닥났으며, 중공군들이 하나둘 모습을 드러내며 진지에 사격을 가하기 시작했다.

그리고…….

툭! 떼구르르.

진지 안으로 수류탄 하나가 떨어졌다.

"이, 이런…… 씨앙!"

채정철이 그렇게 소리친 순간, 그가 가장 아끼던 부관 하나가 그를 몸으로 덮었다.

"사령관 동무!"

꽈아앙!

지근거리에서 터진 수류관 탓에, 채정철의 고막이 터져 피가 흘렀다. 하지만 그 외에는 다른 상처가 있지 않았다.

부관이 수류탄 파편을 몸으로 다 막아줬기 때문.

이제 채정철과 함께 항전하던 일곱 명의 수하는 모조리 죽었다.

아무 소리도 안 들리던 채정철은, 수류탄 파편에 맞아 고철덩어리가 된 AK소총을 거칠게 버리더니, 핏발 선 눈으로 권총을 꺼내 일어섰다.

"이 썅간나들아, 다 죽여 버리갔어!"

분노에 가득 차, 해일같이 몰려들 중공군에게 권총을 연사할 생각이었던 채정철은 방아쇠를 당기지 못하고 권총을 내렸다.

"어? 어…… 에, 에미나이래, 뭐간?"

피로 범벅된 복도.

중공군들의 시체가 바닥에 즐비하다.

그 사이에 서 있는 것은, 섹시한 차이나드레스를 입은 삼십대 초반의 여자.

그녀가 채정철의 목소리를 듣고.

"어머?"

하는 말을 하며 슬쩍 뒤돌아봤다.

"후훗. 운이 좋네, 운이 좋아. 잠시 쉬고 있으라고, 군인 아저씨."

말이 끝나고, 여자가 땅을 박차니, 그녀의 모습은 곧 사라졌고 기지 곳곳에서 중공군의 것이 분명한 비명 소리와 총소리가 계속하여 울려 퍼졌다.

두두두두두두두!

"마귀다, 마귀야!"

"아악 살려줘!"

그리고 채 10분이 지나기 전, 그 모든 소음이 사라졌다.

정확히 알 수는 없지만 짐작할 순 없었다. 하지만 그건 도저히 믿기 힘든 사실이었다.

총도 없는 여자 혼자서, 기지에 침투한 모든 중공군을 홀로 몰살시켰단 것.

사정없이 날아드는 계장 두 개를, 은창이 양팔을 교차시켜 막았다.

"크윽!"

은창의 몸이 크게 흔들렸다.

남쪽 진법축, 제주도에 있는 축을 지키고 조금도 쉬지 못하고 바로 여기까지 날아왔다.

그런 상태에서 백련사라는 강적을 만나 중과부적으로 싸우고 있는 중. 은창의 상태가 좋을 리 없었다.

그의 전신은 이미 피투성이요, 다리 한쪽은 곤죽이 나서 제대로 쓰기가 힘들었다. 금양보력의 놀라운 회복력이라 한들, 지금처럼 백련사 무승들이 펼친 진법에 압박을 당하고 피로가 극에 달한 상황에서는 소용이 없었다.

이린이라도 근처에 있어 힘을 북돋아주고 상처를 치유해 주면 좋으련만, 그녀가 벌써 도착할 수 있을 리가 없다.

"죽여라, 죽여라!"

주위에 있던 중공군들이 은창을 보며 한목소리로 소리쳤다.

그 속에서 은창은 이를 꽉 물었다.

"도, 동무…… 미안…… 미안하그만 기래."

은창의 뒤에서 피투성이 상태로 간신히 앉아 있는 리도진의 말이었다.

사실.

백련사와의 전투 초기엔 놀랍게도 은창이 더 우세했었다.

그의 손에 의하여 십여 명의 무승이 목숨을 잃었을 때, 여태까지의 자만이 산산이 조각났던 백련사 방장은 치졸하고도 비열한 짓을 벌이기 시작했다.

그건 바로, 은창이 아닌 쓰러진 리도진을 노리는 것이었다.

무승들이 자신이 아닌 리도진까지 노리며 죽이려 들자, 깜짝 놀란 은창은 리도진을 지키기 위하여 움직일 수밖에 없었고, 그럼으로 인하여 은창의 약점은 더욱 커지게 되었다.

그 뒤로 은창은 계속하여 수세에 몰려, 지금처럼 된 것.

"별 시답잖은 말하지 마세요. 털보 아저씨도 우리를 몇 번이나 도와줬잖아요."

이미 은창과 리도진은 끝난 것이라 생각되니, 백련사 방장은 뭔가 이상한 것을 깨달았다.

"잠깐. 근데 왜 안에서는 아무런 신호가 없지? 지금쯤 진법의 축을 확보하고도 남았을 시간이 아닌가?"

그렇게 중얼거린 순간, 기지의 안으로 향하는 유일한 출입

구에서 발걸음 소리가 들렸다.

또각, 또각.

왜 그럴까.

고작 하이힐일 것임이 분명한 구두소리에 불과한데, 백련사 무승들은 물론이요 중공군들까지 전부 숨을 죽이며 귀를 기울였다.

또각, 또각, 또각, 또각.

또각거리는 하이힐 소리가 점차 가까워지고, 차이나드레스가 너무 잘 어울리는 삼십대 초반 미녀가 모습을 드러냈다.

그리고 여유롭게, 가득 찬 중공군과 백련사 무승들을 한차례 둘러보더니 이내 은창을 똑바로 쳐다보며 밝게 웃었다.

"여어, 아들! 오랜만이네?"

그렇게 말하며 팔을 쭉 들어 손을 흔드는 미녀.

은창은 멍한 표정으로 중얼거렸다.

"엄…… 마?"

분명.

지금 등장한 미녀는.

가끔 가다 봤던 빛바랜 사진 속, 엄마와 닮았다.

*　　　*　　　*

베이징, 주석궁.

옛 공포영화에서나 나오던 강시복장을 한 푸르스름한 낯빛의 남자가 허공에서 뚝하고 떨어졌다.

주석궁 바로 앞에 말이다.

"뭐, 뭐냐 저건!?"

당황한 초병이 비상경보를 울리고, 근처에 있던 초병들이 몰려들었다.

"움직이지 마라! 움직이면 발포한다!"

스스스스스—

초병들이 눈을 찢어져라 떴다.

강시 복장을 한 남자의 근처에 있던 잔디며 꽃 등이 갑자기 흐물흐물해지더니 녹아버리고, 보도블록 역시 파스스 소리를 내며 검게 변색되어 가루가 되어갔다.

그리고 강시 복장을 한 괴인이 주석궁 쪽을 향하여 한 걸음 걸어갔다.

순간.

"발포하라!"

명령이 떨어졌다. 초병들의 소총이 불을 뿜고, 고정되어 있던 대구경 기관총들 역시 연사를 시작했다.

두두두두두두두두!

퍽퍽퍽퍽.

강시 복장 남자의 전신이 얕게 진동했다.

근데 고작 그걸로 끝이었다.

몸은커녕 옷까지 구멍도 나지 않았다.

"뭐야…… 저게?"

한 초병이 중얼거릴 때, 다른 초병이 비명과 함께 소리 질렀다.

"마귀다, 마귀야!"

그리고 계속해서 총알세례를 받던 강시가 몸을 한차례 웅크렸다가, 기지개를 켜듯 몸을 펼치며 소리쳤다.

키에에에엑!

충격파에 의하여 총알들이 본래의 진행방향에서 그대로 거꾸로 튕겨 나갔고, 땅이 부서지고 뒤집어지며, 가까이에 있던 초병들이 그대로 피 떡으로 변했다.

더불어 튕겨 나온 총알에 의하여 무수히 많은 병사의 몸이 관통되어 목숨을 잃었다.

"히, 히익!"

한 중국군 초병이 똥오줌을 동시에 지리며 털썩 주저앉았을 때, 뭔가 울림이 깊은 고함 소리와 함께 여덟 명의 노승이 나타났다.

바로 백련사의 팔대호법으로, 백련사의 모든 전력이 한국의 진법을 뺏으러 출동하고 주석궁을 마귀에게서 지키기 위하여 남겨진 이들이었다.

강시를 본 팔대호법들이 기겁하여 입을 쩍 벌렸다.

"마, 맙소사!"

"강시대제?"

강시라고 다 같은 강시가 아니다. 강시에도 등급이 나뉜다.

그냥 보통 강시에서 혈강시, 철강시, 천마강시 등등. 그리고 이 모든 강시의 위, 정점에 위치하는 것이 바로 강시대제였다.

백련사에는 각종 마귀들에 대한 기록이 계속하여 이어져 내려오고 있었기에, 팔대호법은 강시대제를 바로 알아 볼 수 있었던 것이다.

"안 된다, 강시대제라면 우리들만으로 막을 수……!"

말을 하던 호법의 가슴을 강시대제의 시퍼런 손이 관통했다. 그리고 거기에서 뿜어져 나오는 극한의 냉기에, 호법의 전신이 순식간에 얼음덩어리가 되고 말았다.

강시대제를 상대하려면 백련사의 힘이 모두 모여, 최고최대의 진법을 펼쳐야 가까스로 막을 수 있을 정도이다.

한데 호법 8명? 상대가 될 리 없었다.

팔대호법을 모조리 참살한 강시대제가 주석궁을 보며 팔을 크게 휘둘렀다.

그러자 무형의 무언가가 날아가 주석궁을 강타했고, 주석궁이 통째로 무너져 내렸다.

키크크크크크.

그것을 보며 강시대제가 음침한 웃음을 흘리고, 주석궁은 그렇게 무너졌다.

또한, 강시대제의 직속이라 할 수 있는 무수한 강시들과 마귀가 이전까지와 비교도 안 될 정도로 쏟아져 나와 중국전역을 뒤덮었다.

같은 시각.

미국 백악관, 밤.

박쥐 떼 수십 마리가 백악관 사방에서 비행을 하여 다가왔다.

그 순간, 백악관에 비상벨이 울렸다.

위이이이이잉!

더불어 일루미나티 소속의 능력자들이 하나둘 모여 사전

에 연습한 대로 각각의 장소에 모여 적들을 맞이하기 위한 준비를 시작했다.

"뱀파이어들이다! 뱀파이어! 모두 조심해라!"

마귀들 중에서도 뱀파이어는 강한 쪽에 속한다. 그런 뱀파이어들이 이렇게나 많이 몰려들다니, 일루미나티의 능력자들은 잔뜩 긴장할 수밖에 없었다.

그리고 잠시 후, 박쥐들은 백악귀를 포위하듯 둘러싸다가, 이내 사람의 형체로 변하여 땅바닥에 내려섰다.

하나같이 창백한 얼굴에 매력적인 외모를 지닌 이들.

모두 뱀파이어였다.

일루미나티의 수장인 자, 홉킨스가 일루미나티 전사들의 선두에 서서 소리쳤다.

"이 추악하디 추악한 놈들! 이곳에는 왜 온 것이냐!"

하지만 뱀파이어들은 홉킨스에겐 관심이 없었다.

그저 그들의 뒤편 어딘가를 하나같이 쳐다볼 뿐이었다.

척—

척척척척척척—

어떤 무언가가 가까이 다가오고 있는 듯하다.

뱀파이어들은 차례대로 한쪽 무릎을 꿇으며 경의와 충성을 표했고, 홉킨스는 뭔가를 느끼고 몸을 떨었다.

"서, 설마?"

여태까지 미국은 강력한 공권력과 일루미나티의 힘으로 마귀들의 공격을 효과적으로 방어하고 있었다.

하지만 지금.

홉킨스는 미국이 이제 곧 무너질 것이라 직감하고 말았다.

최초의 뱀파이어.

"퍼스트…… 블러드."

그녀가 강림하였으니 말이다.

수많은 뱀파이어의 경의를 받으며, 홉킨스와 일루미나티 전사들 앞에 나타난 퍼스트블러드.

찬란한 금발에 하얀 피부를 지니고 세상 그 누구보다도 섹시하고 아름다운 그녀가 씩 웃으며 말했다.

"자아, 이제 이 땅의 주인이 바뀔 차례야."

그녀의 말과 동시에, 수많은 뱀파이어가 송곳니를 그대로 드러내며 흉악한 본성을 드러냈다.

"키아아아아!"

퍼스트블러드, 메이블이 동공을 끝없이 확장하며 말했다.

"자, 시작하자, 나의 아이들아! 피의 축제를!"

* * *

비단 중국과 미국의 일뿐이 아니었다.

프리메이슨과 시온수도회에 의해 보호 받던 나라들 역시, 귀계에서 사대귀장이라 불리는 이들에 의하여 수도가 함락당하고 말았다.

강시대제.

퍼스트 블러드.

알파 라이칸.

모리틴.

이들 네 명의 사대귀장에 의하여 그나마 버티고 있던 나라들이 더는 견디지 못하고 무너지기 시작하였다.

남은 것은 이제 단 한 국가.

한국뿐이었다.

하지만 그보다 더 큰 문제는 따로 있다.

이미 귀계 내에서 대승정을 제외하면 가장 강한 사대귀장마저 현계에 현신할 정도가 되었으니, 사대귀장이 좀 더 현계를 파괴하고 귀계화시키면, 결국 대승정마저 강림하게 될지 모른다.

*　　　*　　　*

"어…… 엄마?"

당혹에 찬 은창의 한 마디.

그러자 은창과 소영, 은수로서는 이름조차도 모르던 그들의 엄마가 고혹적인 미소를 지으며 손에 쥐고 있던 채찍을 강하게 쥐었다.

"우리 아들…… 실망인데?"

은창이 항상 그리던 엄마와의 재회란 이런 게 아니다.

이것보다 훨씬 평범한 상황에 부드러운 반응을 바랐었는데! 다짜고짜 하는 말이, 실망이라니?

예웅종의 아내이자 은수, 소영, 은창의 어머니인 여자.

전율의 악몽이라 불리던 그녀, 민소희의 채찍에서 새하얀 색 번개가 파직, 파직하며 일어나기 시작했다.

"고작 땡중들 따위에게, 이리도 고전하다니!"

그리고 날아든 채찍!

번쩍— 번쩍번쩍!

"크아아악!"

수많은 중공군이 고통에 찬 비명을 지르며 산 채로 전기구이가 되어버렸다.

하지만 민소희의 목표는 중공군 따위가 아니었다!

바로 백련사 방장과 그의 주변에 있던 주축 고수들이다!

"피, 피햇—!"

백련사 방장이 소리쳤지만, 민소희의 채찍은 굉장히 빨랐고, 마치 손오공의 여의봉처럼 끝없이 늘어났다.

간신히 몸을 빼낸 백련사 방장이 방금 전 있던 장소를 내려다봤을 때, 거기엔 떨어져 나간 자신의 팔과 가장 아끼던 애제자들 다섯의 시꺼멓게 탄 시체만이 있었다.

팔은 불에 타 떨어져 나간 것이니, 그나마 출혈의 걱정은 없다. 하지만 거기서 전해져 오는 격심한 고통이 판단을 흐리게 하니 백련사 방장 각명은 성한 손으로 상처 부위의 혈도를 타격해 고통을 줄였다.

"무, 무시하구나."

세상에, 자신을 포함한 백련사의 최고 고수 다섯을 동시에 공격하여 이런 결과를 만들다니! 각명은 모골이 송연해질 정도의 섬뜩함과 소름을 느낄 수밖에 없었다.

모두 도망쳐라! 하고 소리치려던 찰나, 각명은 귀를 의심케 하는 소리를 들었다.

"아들! 내가 다 도와주면 우리 아들이 어떻게 성장하겠어? 아들은 앞으로 더욱 강한 놈들과 싸워야 한다고. 그러니 엄마의 도움은 딱 여기까지야."

"에?"

은창은 엄마를 다시 재회한 것에 대한 감격이나 감동도 느낄 겨를이 없었다. 그저 넋 나간 소리만 내뱉을 뿐이다.

그걸 보고 씩 웃은 민소희가 다시 말했다.

"그 멍청해 빠진 표정은 애기 때나 지금이나 비슷하네, 아들! 이 정도는 처리할 수 있을 거라 여기고 엄마는 이만 갈게. 아참! 곧 귀계의 주인, 대승정이 현계에 나타날 거야. 놈을 상대하기엔 굉장히 힘들고 까다로울 거야. 그때…… 너희의 한심한 아빠가 좀 도와줄 테니. 미리 마음의 준비를 해두라고!"

말을 끝내고, 민소희가 손을 뻗으니, 어딘가에서 빗자루 하나가 휙 하고 날아왔다.

그것을 가랑이에 끼운 민소희가 나이에 맞지 않게도 앙증맞고 귀여운 표정으로 손을 흔들며 말했다.

"그럼 바이바이. 내 아들!"

마치 마녀 같은 모습으로, 민소희는 사라졌다.

당황한 건 바로 은창과 각명.

한창 열심히 싸우고 있던 그들은 민소희가 휩쓸고 간 여파에서 쉽게 헤어나지 못하고 있었다.

하지만 그보다 좀 더 빠르게 제정신을 차린 것은, 불리한 입장에 처해 있었던 은창이다!

그가 오른발을 강하게 굴렀다.

꽈광! 쩌저적!

은창 주변 땅들이 부서져서 튀어 오르고, 사방으로 지진 난 것처럼 땅이 갈라졌다.

"하앗!"

기합을 내지르며, 은창은 금양보력을 전신에 휘돌린 채 주먹과 발을 현란하게 휘둘렀다.

팍! 팍! 퍽, 퍽!

공중에 띄워진 바위조각들과 돌덩이들을 은창은 수십 개의 잔상을 남기며 날려, 멍한 표정을 짓고 있던 백련사 무승들의 허점을 노렸다.

콰득!

한 무승의 머리가 돌에 맞아 그대로 터져 버리고, 뒤이어 다른 무승들에게도 날아간 것들이 많은 무승의 생명을 앗았다.

뒤늦게 정신을 차린 각명이 급히 소리쳤다.

"반격하라, 다시 진을 펼쳐! 집중해라!"

하지만 이미 진법의 주축을 이루고 있던 각명과 핵심고수들이 민소희에 의하여 목숨을 잃은 데다가, 허를 찌른 습격으로 은창이 십여 명의 무승마저 처리하고 났으니. 백련사 무승들은 은창에게 속수무책으로 당하기 시작하였다.

더구나 더 절망적인 일이 생겼다.

은수, 소영, 다솔, 이린이 도착한 것이다!

그들이 헬기를 타고 등장하자마자, 각명이 이를 갈며 소리쳤다.

"후퇴, 후퇴한다! 후퇴!"

중공군과 백련사 무승들이 모조리 물러난 뒤, 은창은 녹초가 되었던 몸을 더 이상 지탱하지 못하고 쓰러졌다.

"하…… 하하…… 이, 이긴 건가."

얼마 전에 펼쳤던 진과의 사투.

그리고 이번 전투.

둘 중 무엇이 더 힘들었는지 알 수 없을 정도였다.

꽝!

이번에도 한국의 마귀 대비용 진법을 파괴하지 못했다.

일본 수상 관저에 있던 수상과 그의 보조관. 방금 책상을 내려친 것은 바로 보좌관이었다.

"더 이상은 못 견디겠습니다! 이, 인간 놈들이 핵무기란 아주 좋은 것을 만들어놨던데. 그것으로 한국을 아예 휩쓸어버리는 게 어떻습니까?"

보좌관의 탈을 뒤집어 쓴 마귀의 격앙된 외침에, 수상을 가장하고 있던 마귀가 보좌관 마귀의 뺨을 때렸다.

"멍청한 소리하지 마라! 그 방사능이란 것이 우리 마귀에게 어떤 영향을 주는지 잊은 것이냐!"

방사능의 어떤 점이 마귀들에게 악영향을 주는 것인지 모른다. 하지만 분명한 건, 후쿠시마며 체르노빌 같은 지역에 가까이 다가가기만 하면 마귀들이 소멸 당한다는 점이었다.

더 무서운 점은, 이렇게 방사능이 유출된 지역이 아닌 정상적인 원전 근처에만 가도 마귀들은 사람보다 훨씬 큰 피해를 받곤 했다.

즉, 핵이란 무기는 사람보다 마귀에게 더욱 치명적이었다.

그러니 마귀들이 핵을 보유한 국가를 점령했다 한들, 함부로 핵을 쏘지 못하는 것이었다.

수상 마귀가 보좌관 마귀를 보며 말했다.

"걱정하지 마라. 곧 대승정께서 이곳에 오실 것이다. 그러면 현계의 귀계화는 확실히 끝날 것이니."

Chapter 9

통일한국

“뭐라고? 너 지금 뭐라고 했어?”

소영의 물음에 은창이 다시 말했다.

“엄마, 엄마를 만났다고.”

그의 말에 충격을 받은 건 소영만이 아니라 은수도 마찬가지였다.

“엄마가…… 갑자기 대체…… 왜?”

은수가 중얼거리고, 은창은 형과 누나를 보며 말했다.

“그런데, 말해줘. 난 아빠한테도 형이랑 누나한테도 엄마 얘기를 제대로 들어본 적이 없어! 엄마는 어떤 사람이야? 어쩌다 이혼을 하게 된 것이고? 엄마는 우리와 같은 퇴마사가 아니라 보통 사람이었던 게 아니었어?"

막내의 물음에 소영과 은수는 쉽사리 대답하지 못하다, 결국 맏이인 은수가 입을 열었다.

"그래. 너도 이제 들을 나이가 되었지."

사실 소영도 은수만큼 잘 알지는 못한다. 그렇기에, 그녀도 은수의 말에 귀를 기울였다.

"다들 알다시피. 우리는 오대성력을 익혔다. 그중에서도 금양, 무저, 현현의 힘을 이었지. 이 힘은 한 시대에 오로지 한 명만이 가질 수 있는 것이다. 그렇기에 오대성력의 후인은 어느 시대에나 딱 다섯 명일 수밖에 없지. 하지만 이 세상에, 이러한 이능력은 우리 오대성력뿐만이 아니다. 이건 알겠지?"

두 사람이 고개를 끄덕였다.

당연히 알 수밖에 없었다. 다솔이 익히고 있는 기공도 이능력이라 할 수 있으며 이번에 중공군들 사이에서 등장한 승려들도 대단한 능력을 갖고 있었으니 말이다.

"아버지는 술사셨다. 부적을 만들고, 진법을 만들 수 있는 술사. 하지만 그 기본은, 우리 오대성력과 똑같이 마귀의 힘을 빌려오는 데에서 기인했다. 그렇기에 아버지도 우리와 마찬가지로 이능력을 발하지 못하셨었지."

은수는 목이 탄 듯, 항상 허리춤에 달고 다니던 수통을 열어 목을 축인 뒤에 말했다.

"사실 나도 어머니에 관해서는 잘 모른다. 하지만 어머니도 아버지에 지지 않을, 아니, 훨씬 뛰어난 능력을 가졌단 건 알고 있었다. 그 힘이 정확히 뭔지는 모르지만 말이다. 하지만 이번에 은창이 본 것을 생각해 보면, 마녀 쪽일지도 모르겠군."

은수의 말을 듣고서 곰곰이 생각하고 있던 은창은 사적이지만 더욱 궁금했던 것을 물어봤다.

"그럼 이혼한 이유는 뭔데?"

은창의 말에 은수가 대답했다.

"아무리 해도 퇴마술을 발휘할 수 없다며 실의에 빠진 아버지의 한심한 모습과. 허구한 날 술에 빠져 부리는 주사…… 뭐 이런 것들 때문이었지. 난 어머니가 그만큼 버티신 것도 대단하다 생각한다."

"대단하긴! 이혼하고 단 한 번도 우리를 찾지 않으셨어. 아니, 아버지가 그리 상태가 안 좋았다면, 우리를 엄마가 데려갔어도 됐잖아?"

예웅종을 싫어하는 건 아니다.

하지만 그는 분명 좋은 아빠가 아니었다. 점수를 매기자면 낙제점에 가까울 정도다.

"나도 자세한 건 모른다, 예은창. 하지만 내 듣기로, 어머니는 떠나면서 단 한 푼의 돈도 들지 않고 가셨다 한다. 더불어 그때 이미 아버지는 우리를 오대성력의 후인으로 점찍어 놨었고 실제로 전수까지 해버렸기 때문에 어머니는 어쩔 수 없었던 것이겠지."

은수의 설명을 들으니 충분치는 않아도 엄마가 떠난 이유를 대충 알 수 있어서 은창은 입을 다물었다.

세 사람은 잠시 아무 말도 하지 않았다. 그리고 오랜만에 소영이 입을 열었다.

"좋아. 근데 지금 중요한 것은 이게 아니잖아? 엄마가 다시 등장한 이유와 엄마가 전해 준 아빠에 대한 이야기. 더불어 이제 곧 강림할 것이라 하는 대승정이 더 중요한 거야."

대승정.

세 사람 모두 책으로만 봐 알았던 존재이다.

귀계를 지배하는 자!

온갖 마귀들의 정점에 서 있으며, 그 어떤 마귀와도 비교불허한 강대한 힘을 지닌 자.

그가 이제 곧 현계로 올 것이라 했다.

다른 누구도 아닌, 어릴 때 이후로 단 한 번도 본 적이 없던 엄마가 말이다.

그걸 허튼소리로 들을 순 없다.

하기야 현재 현계의 귀계화 상태를 보면 대승정이 넘어온다 하여도 이상할 것은 조금도 없을 정도긴 하다.

"대승정…… 강하겠지? 아주 많이?"

은창의 말에 소영은 머리가 지끈거리는 듯 손바닥으로 이마를 짚으며 말했다.

"그렇겠지. 하아…… 대체 이게 뭐야."

이번엔 은수가 말했다.

"우리가 쓰러뜨린 시빌라의 진이 귀계 내에서 얼마나 강한 존재일지 우리는 알 수 없다. 하지만 그가 했던 말과 레기온 등이 진을 평가한 말에 따르면, 분명 귀계 내에서도 손에 꼽힐 실력자였던 것은 확실하겠지. 그걸 생각하면…… 우리가 전혀 상대도 못할 강한 존재는 아닐 것이다. 희망적인 예측이긴 하지만……."

언제 등장할지 모를 대승정.

그의 존재가 부담감이 되어 세 사람의 어깨를 무겁게 짓눌렀다.

이때 소영이 분위기를 환기시키기 위하여 박수를 짝 치며 말했다.

"좋아! 하지만 말이야. 지금 당장 나타날 놈은 아니잖아? 분명 언젠가 등장하겠지만 말이야. 우린 방금, 마귀보다 더 마귀 같은 놈들의 공격을 잘 막아냈어. 일단은 지금 이 승리를 즐기자고!"

소영의 말에 은수가 웬일로 동의하며 고개를 끄덕였다.

"그래. 소영의 말이 맞다. 긴장이 너무 연속되면 정작 일이 생겼을 때의 전투력은 최대한으로 발휘되지 못한다. 지금은 승리를 자축하도록 하자."

세 사람은 그렇게 간략히 회의를 끝마쳤다.

*　　*　　*

적국들의 이번 공격!

그것이 나쁜 영향만 준 것은 아니었다.

중공군이 쳐들어와서 북한의 북쪽 지역이 쑥대밭이 되고, 결국 남한의 퇴마사들이 도와줘서 그들을 격퇴했단 소문이 북한 내부에 자자하게 퍼졌고, 북한 내부의 불만이 최고조에 달해 결국 폭동이 벌어지고 말았다.

북한 정부와 손을 잡고 있는 척하던 한국 정부였지만, 정작 폭동이 일어나 반군이 생겨나니 그들에게 각종 무기와 식량을 지원해 주었고, 결국 결정적인 순간이 다가왔을 때엔 아예 본격적으로 참전하여 북한 정부와 통수권자를 축출해 버렸다.

그 뒤에 전격적으로 이루어진 남북통일!

통일국가의 이름은 통일한국이 되었다.

물론 한순간, 모든 국경을 개방하는 형태로 통일이 되진 않았다.

국경선은 그대로 유지하여 허가 받지 않은 이들이 남북을 오가지 못하게 하고, 우선 행정입법부부터 하나가 될 수 있게 만들었다.

통일한국의 위상은 높아졌고, 남한은 북한의 핵과 관련 기술을 받아 더욱 발전시켰으며 명실상부한 핵보유국이 되었다.

오대성력의 후계자들은 모두 남북을 자유롭게 오갈 수 있는 신분증을 받았다.

* * *

은발마귀, 레기온은 정성들여 자신의 낫을 갈고 있었다.

그런 그의 앞으로 두 명의 여자가 슥 하고 나타났다.

바로 에젤린 자매이다.

"레기온, 마음을 굳혔나?"

"그래, 내가 바라던 방식은 이게 아니었다. 난 그저…… 내 몸을 되찾고 싶었다."

저주받은 자, 레기온.

그는 아주 독특한 위치였다. 그가 마귀가 된 이유는 이거였다. 폭군이 나라를 휘어잡아 무수히 많은 사람이 죽고 고통받을 때, 레기온은 한 군단병을 통솔하던 장군이었다.

하지만 그때, 아무 죄 없던 한 마을을 잔인하게 짓밟으라는 명령이 들어왔고 레기온은 자신의 양심이 허락하지 못하여 부하들에게 명령을 내리지 못하고, 혼자 말을 달려 폭군을 향하여 반란의 칼날을 올렸다.

하지만 너무나 쉽게 제압당하였고, 폭군과 그의 근처에 있던 사악한 주술사가 레기온에게 저주를 걸었고, 그는 생기를 폭군과 주술사에게 빼앗기고, 육신을 가진 채 마귀가 되어 귀계로 유폐당했었다.

귀계에 유폐된 그는 시간의 흐름을 제대로 알 수 없는 귀계 안에서 이를 갈며 힘을 길렀다.

결국 자신을 억압하고 있던 주술사의 모든 주박을 부숴 버릴 수 있을 정도로 강대한 마귀가 되었을 때!

레기온은 현계로 가려 했으나 그를 가로막던 존재가 있었다.

귀계와 현계를 이어주는 통로.

그 중간을 막고 서 있던 일남일녀!

바로 오대성력을 만든 자와 그의 연인이었다.

그들이 가진 힘은 실로 대단하였고, 스스로 세상을 뒤엎을 만큼 강해졌다 자신하던 레기온은 물론이요, 그런 레기온보다도 더욱 강하던 대승정마저 막아내며 종내에 귀계와 현계의 통로를 막는데 성공하였다.

그리고 그들은, 자신들이 성공했단 사실에 행복해하며 마주 입맞춤을 하더니. 그대로 자신의 생명을 버려, 석상이 되었었다.

레기온은 오대성력을 저주하였으며 하늘을 원망했다.

그 뒤로 레기온은 살아 있는 자들에 대한 분노와 증오를 불태우며 대승정의 밑에 아웃사이더처럼 위치했다.

그리고 드디어, 막혔던 귀계와 현계의 문이 열렸다.

귀계에서 힘들게 모아왔던 자신의 힘이 상당량 사라지는 것도 감수하고, 레기온은 강력한 마귀들 중에서도 첫 번째로 현계에 현신하였으며, 지나간 세월을 깨닫고 끝없을 공허함을 느꼈다.

이미 현계의 시간은 너무 오래 흘러 그의 나라는 사라지고 없었으며, 복수를 꿈꾸던 황제와 주술사 역시 한 줌의 흙도 남기지 못하고 사라졌다.

레기온은 남은 증오와 복수심을 모두 금양보력의 후인들에게 돌렸다. 그렇게라도 하지 않으면 참을 수 없기에.

하지만 그들과 싸우고 또 지켜보며.

자신이 그들을 진심으로 미워하는 것도 아님을 깨닫게 되었다. 그리고 레기온은 발길 닿는 대로, 변한 인간 세상을 돌아다녔다.

마귀에 의하여 혼란에 빠졌음에도 불구하고, 현계는 자신이 살던 때보다 훨씬 살기 좋았다.

문명적으로도, 문화적으로도, 도덕적으로도 말이다.

부정하고 싶었지만 현계가 점차 마음에 들었고 인간들이 대견해졌다.

그러던 중.

사대귀장이 현신했다.

그리고 인간들을 닥치는 대로 죽이며 현계를 귀계로 만들어나갔다. 그것을 보며, 레기온은 마음을 굳히게 됐다.

"그래, 난 내가 어떤 행동을 해야 할지 알게 되었다."

그렇게 말하며 레기온이 벌떡 일어나니, 에젤린의 언니인 데스티가 말했다.

"어디로 갈 생각이지?"

"후후. 그래도 내 고향이었던 곳이지. 유럽으로 향한다."

"알파 라이칸슬로프…… 타라울인가."

"그래, 놈을 박살 낼 것이다."

그렇게 말하며 레기온이 유럽방면을 향하여 걸어가니, 데스티와 에젤린이 똑같이 치마를 들어 올리며 작별인사를 했다.

"안녕히. 우리가 다시 보지는 못할 거야."

그녀들의 인사에, 레기온은 그저 한쪽 입꼬리를 올려 웃는 것으로 대답하고 발걸음을 재촉했다.

마귀.

마귀들은 크게 두 가지 종류로 나눌 수 있었다.

태생부터 마귀였던 존재와, 인간에서 마귀가 된 존재.

알파 라이칸슬로프, 타라울은 전자에 해당했다.

그는 그저 생겨났고 태어났다.

그리고 라이칸슬로프라는 종을 퍼뜨리기 위하여 마음에 드는 인간들을 물어 세력을 넓혔고, 일정 개체수가 된 이후에는 그저 인간을 죽이고 그 살을 탐했다.

사실 마귀로 태어난 자와 인간에서 마귀로 된 자의 차이는 극심하다. 그 숫자는 인간에서 마귀가 된 쪽이 많다 한들, 지닌 힘에 있어서는 태생부터가 마귀인 쪽이 훨씬 강하다.

그건 숫자로도 뒤집을 수 없는 절대적 힘의 차이다.

하지만…….

인간도 그렇지만 인간이 마귀가 된 경우에도. 아주아주 특별한 경우가 하나씩 존재한다.

나약하고 허접하기 그지없는 인간에서 출발했음에도, 마귀를 뛰어넘을 정도로 강력해진 것들이! 그래, 지금 이 레기온처럼 말이다.

타라울과 그 수하들이 피의 축제를 벌이고 있던 바티칸에 갑자기 난입한 레기온은 자신의 낫으로 수없이 많은 라이칸 슬로프들의 목숨을 앗으며 타라울에게 일직선 전진했다.

"타라울! 목을 내놔라!"

크르르르르.

타라울은 이빨을 드러내며 으르렁대다, 레기온이 자신의 곁에 가까이 오는 것을 기다리지 않고 마주 달려갔다.

꽈아앙!

귀계에서도 손꼽히는 강자 둘!

그들이 격돌하니 그 충격파가 사방으로 퍼지고, 불길이 치솟았다.

"레기온! 난 네놈이 언제고 이럴 줄 알았다!"

타라울의 외침, 레기온은 차갑게 가라앉은 눈동자로 대답했다.

"대승정도! 너희도! 이 방식은 한참이나 잘못되었다. 난 그걸 인정할 수 없다!"

마귀와 인간이 공존하여 살아갈 수 있는 세상. 그러한 현계. 레기온은 그것을 바라고 있었고, 대승정도 자신과 뜻이 같을 거라 생각했었다.

하지만 오판이었다.

대승정과 이들 사대귀장은 인간과 마귀가 함께 존재할 수 있는 현계 따위 바라지 않았다. 모든 인간을 죽이고, 노예처럼 만들어 현계도 귀계가 되어버리기를 원하고 있었다.

그렇기에 지금 레기온은 대승정과 사대귀장을 막고자 하고 있었다.

가장 좋은 방법은, 사대귀장들을 죽여 대승정이 현신하지 못할 만큼 현계가 귀계화되지 않게 하는 것이다.

그렇기에 레기온은 여기에 온 것이다.

라이칸슬로프.

인간이되 맹수이기도 한 존재들을 일컫는다.

그들은 보름달이 뜨는 밤 야성이 깨어나며 다른 무엇도 아닌 사람의 생살을 탐한다. 어떤 라이칸슬로프는 호랑이와 인간이 섞여 웨어타이거라 불리며 또 어떤 라이칸은 늑대와 섞여 웨어울프라 불리기도 한다.

그 종류는 그야말로 다양하다.

위에 말한 두 개의 종류 외에도 웨어퓨마, 웨어라이언, 웨어폭스 등등…….

하지만 이건 타라울이 아닌 타라울이 탄생시킨 2세대 이후의 라이칸슬로프들일 경우. 최초의 라이칸슬로프, 알파 라이칸슬로프인 타라울은 다르다.

타라울은 늑대도 아니요, 사자도 아니요, 호랑이도 아니요 표범도 아니었다.

이들 모든 맹수의 장점만을 모아 탄생시킨다면 나올 법한 가장 이상적인 맹수. 그런 맹수의 형태를 지니고 있다.

레기온의 낫이 갑자기 커지면서 타라울의 목을 노렸다. 하지만 타라울이 당해 줄 리 없다. 옆으로 가볍게 뛰으로써 공격을 피하고, 뛰어난 민첩함을 십분 발휘하여 레기온에게 가까이 붙었다.

스릉!

두툼한 손끝에서 길게 솟아난 네 개의 손톱!

마치 울버린의 아만다티움 손톱 같은, 아니, 그보다 훨씬 강력하고 예리하게 느껴지는 손톱들이다.

그것이 레기온의 몸을 아래에서 위로 긁어버리려 들었다.

"흥!"

레기온은 낫의 대로 손톱을 막고, 손톱 공격에서 전해진 힘을 이용하여 몸을 뒤로 회전시켰다.

백덤블링을 하며 발로 타라울의 얼굴을 세 차례 걷어차고, 공중에서 자세를 잡으며 낫을 길게 뽑아 휘둘렀다.

서걱!

타라울의 왼쪽 뺨이 레기온의 낫에 베여 피가 튀었다.

"크! 재미있군, 재미있어!"

그렇게 말하며 타라울이 긴 혀를 내밀어 뺨과 뺨을 타고 흘러내리던 자신의 피를 핥았다.

그걸 보며 레기온이 낯을 고쳐 잡았다.

"방심하지 말고 흉폭화를 해라. 그리고 진짜 힘을 발휘해라. 그렇지 않으면, 넌 허무히 목숨을 잃게 될 것이다."

레기온의 말에 타라울이 '크하하' 하며 웃음을 터뜨렸다.

"좋아! 레기온. 그럼 시험해 주마. 과연 네놈이 나 타라울의 흉폭화를 감당할 수 있을지 없을지. 시험에 합격하지 못하면…… 네놈은 소멸되고 말 것이다!"

우둑, 우두두둑!

타라울의 신체에서 뼈가 서로 어긋나는 소리가 끊임없이 울리며 덩치가 점차 커지기 시작하였다.

뚜둑— 뚜두두둑— 부북!

더불어 가죽도 함께 늘어나고, 결국 타라울은 지구상의 모든 포식자 중에서 가장 거대한 종인 북극곰보다도 약 1.5배 이상 더 큰 형태로 변하였다.

크르르르르르.

듣는 것만으로도 심장을 멈추게 할 섬뜩한 으르렁거림.

아까 전에 비하여 더욱 흉포해지고 야성이 강해진 타라울과 달리, 레기온은 항상 차분히 가라앉아 있던 마음을 더욱더 깊이 내려뜨리며 다리를 넓게 벌렸다.

"제대로 싸워보자, 타라울. 사대귀장의 힘을 보여다오."

오대성력의 후인들과 다솔은 결계를 뚫고 등장하는 강력한 마귀들을 처리하는 시간 외에는 거의 항상 한곳에 모여 있었다.

이유는 단 하나.

더욱 강해지기 위해서이다.

어느 때엔 다섯 명이서 각기 다른 편이 되어서 최후의 한 명이 남을 때까지 싸우는 데스매치를. 또 어느 때엔 은창과 소영, 다솔이 편을 먹고 은수와 리도진에 맞서 싸우기도 하고. 또 어느 때엔 은창과 은수가 같은 편을 맺기도 하고.

간혹 가다 한 번 씩은, 혼자서 다수를 상대하는 연습을 하기 위하여 삼 대 일로 싸우기도 했다.

그렇게 신나게 싸우는 과정에 정말 격심한 부상, 중상들도 속출하였는데 그럴 경우에는 귀인요력을 열심히 익히고 있던 이린이 나설 차례였다.

이린의 능력이면 곧 죽어도 이상하지 않을 상처도 순식간에 치유되고 쌩쌩해지니, 다섯 명은 부상 따위 걱정도 하지 않았다.

모두가 일취월장하는 가운데 유독 관심을 받는 팀이 있었으니 바로 소영과 다솔이었다.

“푸하하하! 덤벼라, 덤벼!”

다솔에 빙의된 임꺽정의 도발에 은창은 ‘칫’ 하는 소리를 내며 달려들었다.

그리고 이때.

“아, 진짜! 그렇게 웃지 말라고요! 이게 뭐하는 짓이야!”

다솔의 짜증 섞인 목소리.

뒤이어.

“어, 어어. 어험. 거 미안하게 됐다 인마! 앞으로 더 조심하마.”

이건 전부 다솔 본인이 말하고 대답하며 주고받은 것이다.

요새는 그다지 특별한 일도 아니었다. 임꺽정이 다솔의 몸에 강신을 거듭할수록, 다솔도 정신력과 영혼이 강해져 이제는 임꺽정이 강신되어도 다솔의 이성이 완전히 사라지지 않고 공존하게 되었으니 말이다.

그리고 은창은 매일같이 임꺽정과 겨룬 결과로 인해, 이제는 그와 얼추 비슷하게 싸울 정도로 제요벽의 성취가 높아진 상태.

임꺽정(다솔)과 은창이 신나게 싸우는 모습을 지켜보고 있던 소영이 조용히 한마디 했다.

"이제 슬슬…… 두 번째 강신을 시도해도 되겠는걸."

그녀의 말에 은수도 고개를 끄덕였다.

"그래. 이제 첫 번째 강신이 익숙해졌으니 충분히 시도할 만해 보인다."

"좋아! 쇠뿔도 단김에……."

하고 말하려던 찰나, 갑자기 하얀색 세단이 광륜선원 안으로 밀고 들어왔다.

"응? 보람이?"

소영의 중얼거림과 함께 세단의 뒷문이 열렸고, 거기서 보람이 뛰쳐나왔다.

"으에에에엥! 맨날 나만 빼놓고!"

보람은 잔뜩 골이 난 표정이었다.

하기야 그럴 수밖에 없는 게, 상황이 급박하게 돌아가고 이제 얼마 안 있으면 대승정도 현계에 등장할 것이란 말에 힘을 키우기 위하여 수련에도 힘쓰다 보니 보람과 어울릴 시간이 없었던 것이다.

갑작스레 나타난 보람을 쳐다보는 여러 시선들!

그중에서 리도진이 가만히 다솔, 소영, 이린, 보람을 연달아보더니 한마디 했다.

"남조선 녀자들은 죄다 곱군 기래."

Chapter 10
붉은 남자

“다솔아, 준비됐어?”

“응 언니! 시작하자.”

소영과 다솔이 두 번째 강신을 준비 중이자 은수, 은창 등이 모두 나와서 구경을 하고 있다.

“후우, 후우, 후우우…….”

다솔은 심호흡을 하며 곧 있을 강신에 대비하고 있었다. 목표는 단 하나, 자신이 정신을 잃지 않는 것이었다.

‘절대로! 절대로 이성을 유지하겠어. 반드시.’

임꺽정이 강신되고, 정신을 유지함으로써 다솔은 임꺽정

에게서 그가 익힌 뛰어난 기공과 무술 등 정말 많은 것을 얻을 수 있었다.

기공이 실전된 지 이미 한참이나 지난 상황이다.

그런 가운데서 강신이란 방법으로 기공을 되살리게 되다니 그것만 생각하면 다솔은 하늘을 날아갈 듯 기쁜 마음이었다.

오늘은 임꺽정보다도 대단한 인물이 강신될 것이라 기대하고 있는 만큼, 다솔은 각오를 단단히 하고 있었다. 절대 정신을 잃지 않고, 그의 기공과 무술도 체득하기를 말이다.

"좋아, 시작하자!"

소영이 드디어 강신의 술을 외기 시작했다.

화륵— 화르르르륵!

다솔의 근처에 불티가 하나둘 생기더니, 곧 불꽃이 잔뜩 생겨나 그녀의 몸 근처에서 거세게 타올랐다.

"우, 우와. 이번엔 대체 뭐지?"

은창의 중얼거림과 함께, 다솔의 머리카락이 불꽃을 따라가듯 빨간색으로 변하고, 입고 있던 옷 역시 붉어졌다.

마치 홍염의 여신 같은 자태를 뽐내던 다솔.

그 어느 순간, 불꽃이 팍하고 사라지더니 그녀가 눈을 떴다.

"흠. 이번엔 나인가."

침착함과 고집스러움이 느껴지는 목소리.

그가 누구일지 짐작한 은수가 떨리는 목소리로 말했다.

“호, 혹시…… 홍의장군님이십니까?”

은수의 물음, 다솔의 몸에 강신한 그 누군가의 신령이 미소를 머금었다.

“아직도 나를 그렇게 불러주는 사람이 남아 있던가.”

은수의 예상이 맞았다.

지금 다솔에게 강신한 것은 임진왜란 때에 의병을 이끌어 무수히 많은 승전을 올리고 왜군들을 무찔렀던 인물. 항상 홍의에 백마를 타고 다녔으며, 수없이 많은 전술과 전략을 능수능란하게 사용하여 왜군을 농락했었다.

임진왜란이 조선의 승리로 돌아간 것은 해전에서 이순신 장군이 승리하여 보급로를 차단했기 때문이다. 이건 그 누구도 부정할 수 없는 사실이다.

하지만 해상보급로가 끊긴 왜군에게도 승리를 꿈꿀 수 있는 방법은 있었다. 그것은 곡창지대였던 전라도를 빼앗아 부족한 식량보급을 해결하는 것! 하지만 이것을 곽재우가 막았다. 전라도를 지킨 것이다.

곽재우가 없었다면, 이순신이 아무리 해전을 이겨서 엄청난 유리함을 조선에게 안겨줬다 한들 임진왜란의 승패는 누구도 모르는 것이 되었을 거다.

은수는 평소 조선의 의병장들과 이순신을 가슴 깊이 존경해 왔었고, 그중에서도 곽재우를 유독 좋아했었다.

그러니 지금 다솔의 몸에 곽재우가 강신되니 목소리마저 떨릴 수밖에 없는 것이다.

곽재우는 '흠' 하는 낮은 헛기침과 함께 손을 뻗었다.

"조금 멀리 있군."

무엇을 하는 것일까? 싶었는데 갑자기 어딘가에서 나무로 손잡이를 만든 고풍스런 장검 하나가 날아와 곽재우의 손에 들어갔다.

"하하! 내 후손들이 간직하고 있었던 것인가? 꽤나 관리를 잘하고 있었구나. 몇백 년이 흘렀음에도 이리 건재하다니. 반갑구나, 친구."

장검은 곽재우가 왜병과 싸울 때 사용하던 바로 그 검이었다.

검을 들기 전에도 곽재우는 대단한 위엄과 무게감을 풍기고 있었는데, 그가 자신의 애검을 불러 손에 쥐니. 여태까지 존재하고 있던 위엄과 무게감이 수배로 증폭됨과 동시에 다가가는 것만으로도 베일 날카로운 예기가 풍겼다.

"안녕하십니까, 장군님. 저는 조선을 이은 나라, 한국의 군인인 예은수라 합니다. 이렇게 만나 뵙게 되어 실로 영광입니다. 장군의 정신은 아직도 저희에게 군인의 귀감으로 이어져

오고 있습니다."

곽재우는 검집을 허리에 차고서 말했다.

"그런가……. 상계에서 지켜는 봤지만 자세한 건 알지 못한다. 현재 마귀들의 공격에 의한 피해상황이 어떠한가?"

"그건……."

은수가 한국과 다른 나라, 아니, 인류의 상황을 하나하나 설명해 주었고 곽재우의 표정은 갈수록 어두워졌다.

"방법은 단 하나다."

고민을 하던 중에 내뱉은 곽재우의 한마디.

모두의 시선이 그에게로 집중되었다.

"먼 옛날, 위대한 자들이 서로 힘을 합하여 자신들을 희생함으로써 현계와 귀계의 연결을 끊어버렸다. 우리도 그렇게 해야 한다."

이번엔 은창이 입을 열었다.

"어떻게 해야 하나요? 연결을 끊으려면?"

"뭘 어떻게 해야겠느냐. 힘을 가진 퇴마사들이 직접 그 통로로 뛰어들어 파괴해야지. 물론 돌아올 수는 없다."

고요한 침묵이 흘렀다.

그걸 깬 것은 은수이고 말이다.

"제가 하겠습니다. 저 혼자 할 수 있습니다."

평소와 다를 것 없이 차갑고도 딱딱한 은수의 목소리. 하지만 은창과 소영으로서는 평소처럼 받아줄 수 없었다.

소영이 소리쳤다.

"무슨 소리야! 아냐, 아냐! 내가 가겠어! 나 혼자면 돼."

이번엔 은창도 주먹을 쥐며 말했다.

"웃기지마. 당연히 나로 정해진 거잖아? 형하고 누나는 약하다고! 내가 가는 게 맞아."

곽재우도 말했다.

"은창이 간다면…… 난 은창이를 따라가고 싶어."

뜬금없는 말에 모두가 깜짝 놀랐고, 소영은 너무나 기뻐 양손을 맞잡으며 소리쳤다.

"다솔이! 다솔이구나? 와우, 홍의장군이 강신했는데도 정신을 유지하는 데 성공한 거야?"

그러자 다솔이 미소를 지으며 말했다.

"응, 다행히도 말이야. 처음엔 살짝 정신도 잃었는데, 다행히 꿈을 꾸듯 몽롱하게 서서히 정신이 들어오다가…… 음."

그녀는 얼굴을 붉히며 은창을 한차례 곁눈질했다.

다솔이 확실하게 정신을 차리게 된 계기는, 은창이 '두 번 다시 돌아오지 못할 일을 하겠다' 라고 말을 하던 순간이었으니까 말이다.

다솔의 분위기가 또 갑자기 급변했다. 다시 곽재우가 된 것.

"하하하! 청춘이로구나, 청춘이야."

곽재우는 실로 대쪽 같은 선비로서, 나라와 백성을 위해 붓 대신 검을 들고 떨쳐 일어났던 인물이다. 선비의 표상과도 같은 인물로서 다른 선비들처럼 꽉 막힌 이도 아니었다.

"자, 여기서 제대로 무술을 배운 건…… 거기, 이 아이가 좋아하는 너로구나."

그가 지목한 것은 은창이다.

"예? 저요?"

당황한 은창의 얼굴이 크게 붉어졌다.

곽재우는 다시 한 번 너털웃음을 터뜨리다가, 갑자기 검을 들어 은창을 겨눴다.

"흡!"

순간 은창은 검이 자신의 심장을 찌르는 환상을 겪었다. 그 환상 속에서, 자신은 이미 죽었었다.

"신명나게 놀아보자꾸나. 금양보력과 제요벽의 힘을 나에게 보여다오!"

곽재우가 땅을 박차며 달려가, 은창에게 쇄도했다.

"이익! 좋아, 먼저 싸움을 거셨으니 대충 넘어가지는 않을 겁니다!"

쿠콰쾅!

두 사람이 격돌을 시작하니 폭음과 함께 지축이 흔들렸다.

몸을 네 개로 분화시키며 곽재우가 각각 다른 방향으로 장검을 발출했다.

"처음부터 전력을 다하시게! 저 처자의 무저영력이라면 내가 현신할 수 있는 시간이 그리 길지 못하네!"

"흥, 알겠어요!"

그렇게 둘이 싸움을 시작하고, 소영은 자신의 무저영력이 미친 속도로 빠져나가자 기가 찼다.

"와, 대박. 레알 쩌는데? 임꺽정도 대단했지만 곽재우는 더 대단하구나. 무지막지하게 강해."

약 30분가량.

곽재우는 은창과 싸웠고, 결국 은창이 항복 선언을 한 순간에 웃으며 강신이 풀렸다.

* * *

한국 외의 전 세계는 그야말로 초토화 일보직전이었다.

대체 몇 명이 죽었는지 셀 수도 없었다.

특히 베이징, 워싱턴, 바티칸의 피해가 극심했다.

주변에서 가장 안전한 곳으로 소문이 퍼지면서 근처 지역의 사람들이 마귀를 피하여 모여들던 장소였는데, 백련사와 프리메이슨 등의 이능력을 가진 단체들이 모조리 무너져 버리니 그곳에 모여 있던 수많은 사람이 마귀에게 난도질당한 것이다.

이미 전 세계 인구의 50% 정도가 마귀에게 목숨을 잃었다.

시간이 지날수록 마귀는 더욱 많아져 갔고, 강한 마귀들도 속속들이 등장하고 있기에 사람들이 목숨을 잃어가는 속도도 점차 빨라지고 있었다.

지금은 단 하루에, 마귀가 습격하기 전 인류의 2%씩 줄어들고 있는 실정이다.

더 이상 갈 곳도 없던 사람들은 하나둘 한곳으로 모여들기 시작했다.

부자며 가난한 자, 권력자이든 힘없는 시민이든 가리지 않고. 혹은 비행기를 타고 또 혹은 걷고 헤엄쳐서.

모두 한국으로 향했다.

현재 지구상에서 인류가 안전하게 지낼 수 있는 유일한 곳으로 말이다.

물론 그 와중에도 마귀들이 습격하여 수많은 사람이 목숨을 잃었지만, 그래도 그들은 멈추지 않았다.

그리고 또 하나.

그들뿐만이 아닌 이능력자들도 하나둘 한국으로 모여들었다.

전멸당한 템플기사단을 제외한 프리메이슨, 일루미나티,

백련사의 잔존 능력자들이 말이다.

사실 가장 불안한 건 바로 백련사였다.

한국의 진법을 빼앗기 위한 전쟁에 참여한 국가는 일본, 중국, 인도, 동남아시아 각국이었는데 백련사는 그중에서 중국의 편을 들어 군대와 함께 한국을 공격했었다.

비록 실패했다지만, 공격했단 사실이 중요한 것이다.

더구나 살아남은 백련사 잔존 병력들은 그 전쟁에 직접 참여했던 인물들이었다.

은창과 오대성력 후인들의 자비 하에 도망칠 수 있었고, 돌아온 베이징에서 그들은 좌절했으며 더욱 큰 피해를 입었다. 이미 베이징은 강시들의 도시가 되었으며 백련사의 호법들도 모조리 죽임을 당했던 상태.

백련사 인물들은 강시의 공격을 피해 도망치며 결국, 안전한 한국에 당도했다.

혹시나 한국이 자신들을 내치고, 죽이진 않을까 걱정했던 백련사 인물들은 한국이 순순히 자신들을 받아주자 안도하면서도 당황하였는데, 오늘 갑자기 그들을 한 장소에 모이게 하니 덜컥 겁이 나버렸다.

"노, 놈들이 우리를 죽이려 들면 어떡합니까? 이곳에 모이게 한 뒤에 한꺼번에 죽이려는 속셈 아닌 겁니까?"

지금 말하는 건, 현재 살아남은 백련사 무승들 중에서 가장 막내인 승려였다.

방장, 각명이 말했다.

“요란 떨지 말고 겁먹지 마라. 놈들이 죽인다면 죽으면 되는 것을.”

이곳은 한 축구 경기장으로 지금은 잔디는커녕 시설도 관리를 제대로 못하는 듯, 온갖 쓰레기가 관중석에 가득하고 을씨년스러웠다.

이때, 한쪽에서 웅성대는 소리가 들리더니 일단의 무리가 들어왔다.

깜짝 놀란 백련사 무승들이 무기를 움켜쥐고 항전태세를 갖췄다.

“응? 저놈들은 무엇이지.”

“색목인…… 들로 보입니다.”

지금 경기장 안으로 들어온 것은 바로 색목인이었다.

백련사 무승들은 모르지만, 바로 일루미나티 소속 능력자들이었다.

혹은 초능력을 가진 인물들.

그들 역시 백련사처럼 한국에 와 있었던 것이다.

일루미나티의 능력자들은 백련사와 달리 한국에 딱히 잘못한 것이 없기에 비교적 당당한 모습이었지만 그래도 위축

된 느낌은 역력했다.

그도 그럴 것이, 이미 미국은 멸망한 것과 다름이 없었고 일루미나티 역시 뱀파이어들과의 전투에서 대패하고 도망치는 과정에서 전체 전력의 90%를 잃었기 때문.

나라를 잃고 힘도 잃은 입장에서 위축되지 않을 수야 없는 것이다.

"저들은 누구일까요? 무언가 힘이 느껴집니다."

막내 무승의 말에, 각명은 침음성을 내며 대답하지 못했다.

"아마 저들도 우리와 비슷한 처지인가 싶구나."

이때.

또 일단의 무리가 들어왔다.

이번에도 서양인들로, 그 정체는 바로 프리메이슨이었다.

그들 역시 백련사 무승들이 놀랄 정도의 강한 기세를 지니고 있었는데, 그건 바로 마법의 힘이었다.

인류의 역사 속에서 암약하며 그 누구도 모를 은밀한 이능력을 갖고 있던 세 개의 단체가 한 곳에 모였다.

하지만 그리 위력적으로 보인다거나 하진 않았다. 모두 큰 피해를 입고 도망친 패잔병과 다를 바 없기 때문이었다.

그리고 이때.

경기장 한쪽에 밝은 서치라이트가 켜지더니, 젊은 나이의 일남이녀와 나이 지긋한 양복의 남자가 등장했다.

더불어 경기장을 빙 둘러, 총을 든 군인들이 불쑥 튀어나왔다.

젊은 나이의 일남이녀는 바로 은창과 다솔, 소영이고 중년 남자는 바로 김은택 비서실장이다.

김은택은 마이크를 손에 쥐고 말했다.

"흠흠. 반갑습니다, 세계 각국의 이능력자 여러분. 제 이름은 김은택이라 하고 현 청와대 비서실장입니다."

하는 말은 각국의 언어로 실시간 통역되어 다시 울려 퍼지고 있으니 알아듣는 데에 문제는 없다.

세 세력의 인물들이 궁금한 것은 김은택이 아니다. 그 누구도 별다른 반응을 보이지 않자 괜히 뻘쭘해진 김은택이 손수건으로 이마의 땀을 닦으며 말했다.

"굳이 빙빙 돌려서 말하지 않고 처음부터 단도직입적으로 말하겠습니다. 저희 통일한국은 당신들을 받아들일 의사가 있습니다. 한 가지 계약서에 사인만 해주시면 말입니다."

그렇게 말하고 김은택이 손짓하니 수십 대의 지게차가 독특한 형태의, 마치 캡슐 같은 모양새의 물건들을 들고 와서 땅에 내려놨다.

"여러분들이 계약서를 더 꼼꼼히 살펴보실 수 있게 특별 제작한 것들입니다. 캡슐 안에는 책상과 의자, 계약서와 필기구가 존재합니다. 각자 들어가셔서 계약서를 꼼꼼히 살펴보시고 사인한 뒤, 역시 캡슐 안에 있는 함에 넣어주시면 됩니다."

말은 계약서를 더 꼼꼼히 살펴볼 수 있기 위하여~라고 말했지만 실상은 개개인을 완전히 독립시켜서 다른 이의 시선을 눈치 보지 않고 행동할 수 있게 한 것이다. 이렇게 되면 다른 이의 눈치를 봐서라도 하지 못할 비도덕적 행동이나 배신도 좀 더 수월하게 할 수 있게 된다.

그것을 깨달은 일루미나티의 수장이 불만 어린 투로 소리쳤다.

"그 계약서 안에 뭔가 있나 보군! 배신을 종용하는 어떤 것이 말이야! 한국에서는 손님에게 원래 이렇게 대하는가?"

이때.

미리 김은택과 얘기를 해뒀던 은창이 땅을 박차며 무려 30미터를 뛰어올라, 세 집단의 정중앙에 내리꽂혔다.

Chapter 11
새로운 시대

꽈아아앙!

그저 뛰어올라 착지하였을 뿐인데, 근처가 흔들리고 땅이 부서졌다.

상상을 초월하는 무위!

이미 은창의 힘을 알고 있던 백련사 무승들이 자신도 모르게 몸을 부르르 떨며 주춤 뒷걸음질 쳤다.

그리고 속으로 경악했다.

'맙소사! 전보다 훨씬 거대해졌다! 비교도 못할 정도로 강해졌어!'

그랬다.

백련사와의 전투가 끝나고 이제 세 달.

그 세 달 만에 은창은 엄청난 성장을 거듭한 상태였다. 만약 지금의 힘이 당시 있었다면, 백련사 무승들은 은창의 털끝 하나 건드리지 못하고 전멸 당했으리라.

물론 놀라고 기가 죽은 것은 백련사 무승들뿐만이 아니다. 은창의 힘을 처음 본 일루미나티와 프리메이슨 역시 당황하고 겁먹은 표정을 역력히 드러냈다.

그리고 김은택이 다시 말했다.

"현재 한국은 당신들이 속한 나라의 국민들을 받아들여 무수히 많은 구호물자를 공급하고 있다! 하지만 우리는 그들에게 어떠한 대가도 받지 않을 것이다. 그들은 현재 보호 받아야 할 대상이지 싸워야 할 전사가 아니기 때문에!"

세 단체의 수장은 아무 말도 하지 못하고 그저 김은택의 말을 들었다.

"하지만 당신들은 다르다. 마귀와 싸울 수 있는 힘을 지닌 전사들이며, 자국민을 보호하는 데 힘쓰지 않은 비겁한 모습을 보여주기도 했었다."

김은택의 말에 울컥한 세 단체의 수장이 말했다.

"그게 무슨 소리냐!"

사실 은창은 이들 단체에게 예전부터 불만이 아주 크게 많았었다.

그가 백련사측을 차갑게 노려보며 말했다.

"너희들. 그 숫자가 굉장히 많던데, 마귀가 첫 침공을 시작할 때의 숫자가 어떻게 되지?"

비록 지금은 많이 죽어 숫자가 고작 스무 명가량밖에 남지 않았지만, 백련사의 전성기 때엔 무승들의 숫자가 굉장히 많았었다.

그것에 항상 자부심을 갖고 있었던 방장 각명이 중국인 특유의 과장된 몸짓과 말투로 말했다.

"우리 백련사가 본래의 힘을 간직하고 있으며, 대중화인민공화국이 지금과 같이 되지 않았다면, 감히 너희가 우리를 이렇게 대해도 괜찮을 것 같나? 듣고서 놀라 자빠지지나 마라! 우리 백련사에는 무려 삼백 명의 무승이 있었다!"

은창은 냉소를 머금고 이번엔 일루미나티를 봤다.

"너희는? 너희도 백련사와 비슷했나? 아니면 더 약했나?"

비록 백련사처럼 예전의 성세를 자랑하고 싶은 마음은 없었지만, 은창의 '더 약했나' 라는 말에 자극 받은 일루미나티의 수장이 말했다. 그는 중국어를 공부했기에, 각명의 말도 알아들은 상태였다.

"우리는 능력에 맞지 않으면 일루미나티의 전사로 쳐주지 않는다. 그래서 언제나 숫자만 믿고 까불던 중국과 달리 그 숫자는 적었지. 약 이백 명가량이었으나, 그 힘만큼은 저들 중들을 훨씬 뛰어넘었을 것이다."

다행히 무승들은 영어를 잘 모르기에 일루미나티 측의 이야기를 알아듣지 못하고 그저 가만히 있었다. 만약 알았다면 노발대발이 대단했을 것이다.

"그렇군. 프리메이슨 너희는 전성기 때에 그 성세가 어떠했지?"

프리메이슨의 수장은 중국어뿐이 아니라 한국어도 구사할 수 있는 상태. 대화의 흐름을 정확히 알아듣고 얘기했다.

"우리는 약 백여 명이었다. 하지만 장담하지, 지금 이렇게 각자 비슷한 숫자가 살아남은 이상 우리보다 강한 세력은 없을 것이다."

현재 각 세력의 잔존세력은 2~30명가량.

프리메이슨은 개개인의 실력은 자신들이 가장 뛰어나다 말하고 있는 것이다.

그들 모두의 말을 듣고 나서 은창은 웃음을 머금었다. 진실로 우스웠기 때문이었다. 자신이 질문을 한 이유도 그들은 제대로 알지 못하고 있었다.

"좋아. 너희는 그렇게나 강하고 그 숫자도 많았군. 그런데 왜. 너희는 전원 수도에만 틀어박혀 권력자들만을 지키며 숨어 있었지?"

그 물음에 세 단체의 수장은 그대로 꿀 먹은 벙어리가 되어 버리고 말았다.

이번엔 소영이 나섰다.

"이기적인 놈들! 너희가 수도에서 권력자들만을 보호하며 있을 때, 보호 받지 못하던 지역의 사람들은 마귀에게 대항도 제대로 하지 못하고 학살당했었어! 그렇게나 강한 세력을 지니고도 어째서 사람들을 구하지 않았던 거지?"

무슨 말을 할 수 있단 말인가.

그들 역시 내부적으로 부끄럽게 생각하던 문제인데 말이다.

김은택이 한차례 헛기침을 하고 말했다.

"그래서 우리는 당신들에게 인도적인 대우를 해주기 힘들다. 솔직히 그렇다. 그럴 가치도 못 느끼고 말이다. 그러니 지금부터 각자 캡슐에 들어가서 계약서를 읽고 사인하도록!"

하지만 그들은 쉽사리 움직이지 않았다.

아니, 오히려, 자신들끼리 눈짓을 하며 은창을 공격하려는 모습까지 보였다. 은창 입장에선, 가소로운 일이다.

"혹시나 나를 이길 수 있을 것이라 여기진 마라."

그렇게 말하며 은창이 주먹을 쥐고, 그대로 땅에 내리찍었다.

꾸와앙!

집중된 힘은 주변으로 퍼지지 않았고, 오로지 밑으로만 향했다. 권력에 당한 곳의 흙과 바위 등은 가루도 아니라 아예 원자단계에서부터 소멸되어 '사라졌다'.

'뭘 한 거지?'

세 단체의 수장이 궁금해하며 지켜볼 때, 은창이 주먹을 떼고 일어섰다.

그의 밑으로, 딱 주먹 크기랑 같은 구멍이 끝도 없이 깊게 파여져 있었다.

그리고 잠시 후.

쿠구구구구―

땅이 뒤흔들리면서 뭔가 알 수 없는 소리가 울려 퍼지기 시작했다.

"열기?"

뭔가 뜨거운 느낌을 받은 각명이 중얼거리고, 곧.

은창이 만들어놨던 구멍으로 고압의 수증기가 미친 듯이 뿜어지더니 시뻘건 액체가 흘러나오기 시작했다.

바로, 용암이었다.

그것을 본 세 세력의 모든 인물이 입을 쩍 벌렸다.

그리고 은창의 무력이 아까 느꼈던 것보다 훨씬 더 대단함을 깨닫고 대항 의지를 완전히 버렸다.

그리고 김은택의 종용에 따라 각자 캡슐 안으로 들어갔다.

가만히 지켜보던 다솔이 김은택 비서실장에게 물었다.

"어떻게 될까요? 몇이나 사인을 할까요?"

"저들에게 있어서 자신들이 익힌 능력의 비밀은 무덤 속까지도 안고 가야 할, 가장 중요한 것입니다. 그 능력을 토해내라는 내용인데, 제아무리 생명의 위협을 받고 있다 한들 사인하는 인물이 과연 몇이나 될지…… 잘 모르겠군요."

바로 이거였다.

세 세력의 이능력을 정부에서 가지려는 것.

그것을 위해 이와 같은 자리를 마련했던 거다.

사실 지금 한국의 상황은 그리 좋지 않았다. 비록 오대성력의 후인들과 다솔이라는 아주 강력한 퇴마력을 지니고 있다지만, 그들은 고작 여섯 명으로 그 숫자가 제한적이었다.

물론 다솔이 기공을 되살림으로써 앞으로 기공을 익힌 고수들을 양성할 수 있다면 마귀를 상대하기에 더 수월해질 것이나.

기공은 무공에 비해서 성장속도가 더 더디다. 지금부터 기공수련을 한다 한들, 대체 언제 마귀를 상대할 수 있을 정도로 강해질지 기약이 없는 것이다.

하지만 이때 한국 정부로, 인류의 이능력자 집단들의 잔존세력이 국내로 들어왔던 첩보가 들어왔고, 그들은 하나의 계획을 짠 것.

만약 일루미나티가 사람의 초능력을 깨우는 방법의 비밀을 알게 되고, 프리메이슨의 마법을 배울 수 있게 되며 백련사의 무공비급을 얻을 수 있다면. 한국은 더욱더 효과적으로 마귀를 상대하고, 국력도 한참이나 증가할 수 있다.

지금 저들이 읽고 있는 계약서에는, 한국 정부가 해당 이능력자에게 모든 지원을 약속하는 대신, 가지고 있는 이능력에 대한 모든 정보를 한국 정부에 제공한다는 내용이 적혀져 있었다.

은창, 소영, 다솔, 김은택은 초조하게 기다리고 또 기다렸다.

약 30분이 지났을 때 드디어 첫 번째로 캡슐에서 나온 인물이 등장했고, 약 3시간이 지나고 나서야 마지막 인물이 캡슐에서 나왔다.

잠시 후.

병사 열 명이 각 캡슐을 돌면서 계약서를 가지고 와, 김은택에게 모아줬다.

그것을 확인하며 김은택이 미소를 지었다.

사실 각 세력별로 단 한 명의 동조자만 나와도 성공한 것이라 여기고 있었다.

하지만 막상 뚜껑을 열어보니 훨씬 좋은 결과가 나온 것.

가장 많은 동조자가 나온 것은 바로 백련사. 단 한 명의 무승을 제외하고 전원이 사인을 했다. 심지어 방장인 각명까지도 말이다.

그 다음으로 동조자가 많은 것은 프리메이슨. 역시나 수장을 포함한 십여 명이 사인을 했다.

가장 적은 것은 바로 일루미나티였는데, 수장과 다른 두 명. 이렇게 해서 세 명만이 사인을 했다.

놀라운 것은, 세 세력의 수장은 모조리 사인을 했단 점이다.

"뭐 예상은 했습니다. 본래 가진 게 많고 권력을 누린 자일수록, 자신의 생명에 대한 애착도 심한 법이니까요."

김은택이 그렇게 말하며 명령을 내렸고, 병사들이 나와 사인을 한 인물들을 제외한 다른 이들을 한쪽으로 몰았다.

"여러분들을 죽이진 않습니다. 하지만 우리나라에 받아들여 줄 수도 없습니다. 지금 당장, 국외로 추방하겠습니다."

이리도 안전한 한국에서 추방당하면 어디로 가겠는가?

하지만 사인을 거부한 이들은 이미 죽음마저도 각오한 상태. 이를 꽉 물고 받아들이려다, 뭔가 이상한 것을 깨달았다.

여태까지 자신들을 이끌던 인물들이 안 보이는 것이다!

오히려 사인을 함으로써 한국에 남게 되는 곳에 있던 곳!

배신감이 강하게 든 그들이 너도나도 소리 지르면서 수장들을 불렀고, 세 세력의 수장은 그들을 모른 척했다.

"참 가관이네요."

그렇게 말하며 은창이 용암이 흐르고 있던 곳에 다시 주먹을 내뻗었다.

쾅!

손에 용암이 묻었지만, 피부가 살짝 데이지도 않았다. 그만큼 은창이 가진 저항력이 대단하단 뜻이었다.

그리고 용암도 멈췄다.

백련사의 막내는 사인을 거부하였었는데, 자신을 제외한 대다수의 사형이며 방장까지 사인을 했단 사실을 알게 되고 배신감에 휩싸여서 땅을 박차, 순식간에 한국군 병사들을 지나쳐 백련사 무승들에게 달려들었다.

"나쁜 놈들!"

그 뒤에도 여러 소란이 일었는데, 은창과 다솔 소영은 그걸 지켜보며 착잡한 마음을 금치 못했다.

사인을 한 이능력자들의 숫자가 총 마흔 명가량이었다.

남한과 북한의 각 도와 제주도에 2명씩 배치하니 여섯 명이 남아, 북부와 중부 남부로 해서 2명씩 더 배치했다.

이것으로 오대성력의 후인들과 다솔은 약한 마귀들의 침입에는 전혀 출동할 일이 없이 강한 마귀가 가끔 침입할 때에만 나서게 되어 예전보다 피로도가 훨씬 줄 수 있었다.

더불어 은수의 제안에 따라 오성그룹에서 그의 부적을 대량 생산하기 시작하고, 군인들에게도 부적이 붙은 총기가 지급되니, 약한 마귀야 등장하기만 하면 격퇴되었다.

더불어 다솔은 자신이 임꺽정과 곽재우에게서 실전된 기공들을 배워 자신의 아버지에게 알려주었으며, 다솔의 아버지인 현무인은 순식간에 대오각성하여 굉장히 강해졌다.

물론 그 수준은 다솔에 비하여 한참 뒤지지만 말이다.

임꺽정과 곽재우라는 두 위대한 무인이 자신의 몸에 강신하여 싸우고, 그 과정에서 육체와 기공이 그들의 실력에 맞추어 성장하고 그녀 본인도 그들의 무술과 경험, 기공운용법을 익히게 되니 다솔의 성장세는 그야말로 엄청났다. 어쩌면 은창보다도 더!

강해지면서 마귀와 상대할 힘을 갖추게 된 건 현무인과 다솔뿐만이 아니었다. 현무인에게 기공을 배웠던 인물들도, 실전된 기공술을 제대로 배우면서 더욱 강해졌다.

또한 예전과 달리 현무인은 기공을 숨기지 않고 가르치기 시작하여 무수히 많은 수강생을 받기 시작했다.

하지만 더 큰 변화는 바로 학교에서 일어나고 있다.

*　　*　　*

"그그그극…… 레기온……."

한쪽 팔이 잘린 레기온이 가쁜 숨을 몰아쉬며 낫을 타라울의 목에 갖다 댔다.

"이제 끝이다, 타라울. 네 생명을 취하마."

타라울은 패배한 것이 이해가 되지 않았다.

자신이 누구인가? 최초의 라이칸슬로프이며, 무에서 탄생한 자이다. 그런데, 저 하등한 인간으로 태어나서 마귀가 된 레기온에 의하여 패배를 하고 있다니!

자존심이 상해 견딜 수가 없었다.

그래서 이제 전신이 모두 잘리고 움직일 수 있는 곳이라곤 머리만 남은 상황에서도, 그 머리로 레기온을 물기 위해 발버둥 쳤다.

그걸 내려다보며, 레기온이 낫을 그었다.

서걱!

그렇게, 최초의 라이칸슬로프.

모든 라이칸슬로프의 리더! 알파 라이칸슬로프 타라울이 소멸되었다.

아우우우우!

크허어엉!

리더의 싸움을 지켜보고 있던 라이칸슬로프들이 갖가지 울음을 토해내며 레기온에게 살기를 드러냈다.

레기온은 조금도 물러나지 않았다.

한쪽만 남은 팔로 낫을 든 채, 라이칸슬로프들을 돌아봤다.

"덤벼라, 짐승들아. 피하지도 숨지도 않겠다."

그의 말이 끝남과 동시에 무수히도 많은 라이칸슬로프가 동시에 이를 드러내더니 레기온을 향하여 달려들었다.

레기온은 한쪽 입술을 올리며 비웃었다.

"내 살점 하나를 먹으려면, 네 동료 열 명의 목숨을 바쳐라."

그가 목숨을 버릴 각오로 임전하려던 때! 갑자기 그의 양옆으로 크고 작은 두 여자가 나타났다.

바로 데스티와 에젤린이었다.

"후훗. 왕을 죽이고 그 수하들에게 당하는 건 너무 웃기잖아?"

"아직은 죽지 마, 레기온."

그리고 세 사람의 모습은 온데간데없이 사라졌다.

*　　*　　*

현재 인류 국가 중에서 아직까지 존속하고 있는 곳은 한국이 유일하다.

또한 모든 지역을 통틀어서 아직까지 학교가 정상적으로 운영되는 곳, 교육이 이루어지는 곳도 한국뿐이었다.

더불어 또 하나.

인류 역사상 최초의 일이 있었다.

바로, 학교에서 공개적으로 이능력을 가르치게 되었다는 점이다.

정규 교과 과정에 정규 교과로 기공이 들어갔으며 선택 교과로 무공, 마법, 초능력이 생겼다.

기공은 한국 전통의 수련법이기에 정규 교과로 들어간 것도 있지만, 놀랍게도 기공은 그 어떤 이능력보다도 친화력과 응용성이 뛰어나 기공을 익히면서 무공과 마법, 초능력을 익히는 것이 가능했고 기공을 익히면 다른 세 가지 이능력을 익히는 데 있어서 큰 도움을 주기까지 했다.

하여 정규과목으로 들어가게 된 것.

이 과목은 중학교 고등학교뿐만이 아닌 초등학교 과정에도 있었는데, 익히면 개인의 힘을 키우고 수양하는 데 큰 도움이 되며 마귀에 대한 대처법까지 되니 인기도 많았다.

정부는 또한 퇴마사를 직업화시켜 공무원으로도 뽑았으며 퇴마사 관련한 국가공시도 만들었다.

초중고대의 학생들뿐만이 아닌 성인들도 야간학교에 등록

하여 각각의 이능력을 배우게 되었으니, 한국은 바야흐로 퇴마사의 시대라 할 수 있었다.

그런 가운데, 현재 전국에서 가장 유명한 학교가 된.

은창과 다솔의 모교인 도일고의 교실에서 보람은 손으로 볼펜을 돌리며 한숨을 쉬고 있었다.

"쳇. 대체 이게 뭐냐고. 하아…… 은창이 보기가 정말 하늘의 별따기구나."

보람은 요새 삶이 재미가 없었다. 이유는 단 하나. 은창을 자주 볼 수가 없기 때문.

그녀는 어딘가 공허한 눈빛으로 함께 공부하고 있는 다른 학생들을 둘러봤다. 지금은 분명 퇴마사 관련 시간이 아니지만, 아이들은 하나도 빠짐없이 전부. 선생님의 수업은 귓전으로 흘리면서 퇴마사 관련한 공부에 매진하고 있었다.

당연한 일이다.

수학이니 과학이니 영어니 하는 공부보다 마귀가 훨씬 당면한 문제로, 생과 사를 가를 문제니까 말이다.

이러한 현상은 전 국민들에 걸쳐서 일어나고 있고, 그 때문에 일각에서는 심각한 우려의 빛을 보내기도 했다. 아무리 세상이 변했고 마귀의 위협이 항시 존재하는 세계가 되었다고는 하나, 인류가 발전하고 올바로 살아가기 위해서는 다른 공부도 중요한 것이라며 말이다.

물론 보람도 거기에 편향하여 현재 마법을 배우고 있었다.

원체 머리가 똑똑했던 그녀인데다, 은창과 함께하여 싸우고 싶단 마음에 열심히 익히고 있는 탓에 그 성취는 실로 대단하여 지금 당장 마법 능력 평가를 본다면 전국 1위를 할 수준이긴 하였으나.

그래도 이제 배운 지 얼마 안 되는 상태에서, 은창 등이 싸우는 전장에 참여하기란 요원한 일이었다.

그렇기에 보람은 한숨만 늘어나고 있는 실정이다.

잠시 후 쉬는 시간이 되었다.

그녀의 곁으로 한 남학생이 비척거리는 발걸음으로 다가왔다.

오랜 시간 머리를 감지 않아 떡진 머리에 구질구질한 냄새까지 풍기고 있는 건 바로 장태한이었다.

Chapter 12

장태한

그가 가만히 보람을 쳐다보다 말을 건넸다.

"보람아. 오늘도 예쁘구나. 나랑 이야기 좀 할래?"

어눌한 목소리.

보람은 예전과 완전히 달라진 장태한을 보고 살짝 측은한 마음이 들기도 했지만, 그와 같은 변화가 모두 은창을 향한 시기와 질투 때문인 것을 누구보다 잘 알기에 쌀쌀맞게 대했다.

"무슨 이야기를 해? 별로 할 얘기 없어."

장태한의 눈동자 속에서 검은색 기운이 갑자기 일렁이다

가 사라졌다.

"그, 그러지 말고. 우리의 미래를 위한 이야기야. 꼭 들어 주었으면 해."

'우리의 미래' 라는 말이 보람을 더욱 불쾌하게 만들었다. 자신의 미래가 어째서 장태한과 묶인단 말인가?

은창과 만나기 전에도 후에도 보람에게 장태한은 아무 의미도 없었다. 그는 그저 집안이 좋은, 적당히 알고 지내던 친구일 뿐이었다.

"뭐라는 거야? 됐으니까 비켜."

부들부들.

장태한의 손이 갑자기 떨렸다.

그리고 그가 보람의 팔목을 잡았다. 워낙 세게 움켜쥐어, 보람은 고통에 '꺅!' 하는 비명을 질렀다.

"이게 무슨 짓이야! 당장 이거 안 놔!?"

"안 돼! 못 놔! 너는, 너는 내 부인이 될 운명이야! 왜 이래. 예은창 그 개새끼를 만나기 전만 해도 날 사랑했었잖아! 아아, 아냐. 그래. 넌 지금도 날 사랑하고 있어! 그렇지?"

보람을 향한 장태한의 집착과 은창에 대한 시기심은 이미 그를 정신병자의 수준으로 만들어버린 듯했다.

놀라기도 하고 겁먹기도 한 보람이 장태한의 손을 뿌리치고자 발버둥 쳤다.

“이거 놔! 놓으라고!”

하지만 어릴 적부터 운동을 계속하여 또래 남자애들보다도 힘이 센 장태한이다. 보람이 그를 쉽사리 뿌리칠 수 있을 리가 없었다.

“안 돼! 우리는 결혼하는 거야. 알아? 난 너를 가질 거라고 넌 내 거야!”

그렇게 말하며 보람을 쳐다보는 장태한의 눈동자 속에는 삐뚤어진 욕망이 가득하였다.

소름이 돋은 보람이 발을 뒤로 뺐다가 장태한의 정강이를 걷어찼다.

정강이를 걷어차이는 고통은 쉬이 감내할 수 있는 것이 아니다. 하지만 장태한은 마치 나무나 돌이라도 되는 양, 아무렇지 않아 했다.

그런 장태한의 눈동자에서는 흡사 마귀와 같은 검은색 기운마저 일렁거렸는데, 그걸 본 보람의 공포가 극에 달했다.

“놓으라고!”

외치며 보람은 자신이 배운 마법을 사용했다.

그리 크지는 않은 작은 불덩이 하나가 날아가 장태한의 얼굴을 그대로 가격했다.

“꺅!”

“어, 얼굴을 맞췄어!”

배운 지 얼마 안 됐기에 그 위력은 비록 약하다지만, 그래도 불덩이가 얼굴을 때린 것이다.

잘못하면 죽을 수도 있었다.

그렇기에 지켜보고 있던 다른 학생들도 놀라서 한마디씩 한 것.

그리고 보람 역시, 자신이 너무 지나친 대응을 했음을 깨닫고 깜짝 놀라 장태한을 쳐다봤는데, 놀랍게도 장태한은 눈썹과 머리가 좀 그슬렸을 뿐 아무렇지도 않은 모습이었다. 심지어 아주 조금의 화상조차 입지 않았다.

그저.

화가 더욱 났을 뿐이다.

"나를 공격해! 네가 그 우스꽝스러운 퇴마술인지 뭔지로 날 공격해!"

장태한의 상태가 더욱 나빠진 것은, 요새 학교며 다른 곳에서 퇴마에 관한 공부를 가르치는 데에서도 크게 기인했다.

은창이 싫고 증오스러웠던 그는 예전부터 그의 능력, 퇴마력을 굉장히 혐오하였었기에 다른 이능력들도 싫었던 것이다. 근데 사람들은 너도나도 퇴마술을 배웠고, 그러면 그럴수록 은창을 더욱 찬양했다. 최고의 퇴마력을 가졌다 하면서 말이다.

그래. 지금 한국 사람들에게 있어서 은창은 살아 있는 영웅

이니까 말이다.

사람들이 은창을 찬양하고 퇴마술을 배우는 가운데에서 장태한의 정신 상태는 갈수록 안 좋아졌고, 그것이 결국엔 이렇게 보람에 대한 집착까지 맞물려 지금과 같은 상황이 벌어진 것이다.

아이들에게서 얘기를 들은 선생님들이 다른 누구도 아닌 오성그룹의 손녀인 보람을 지키기 위하여 마구 달려오고, 장태한은 이제 보람의 팔목이 아닌 목을 잡아버렸다.

그리고 마구 조르기 시작했다.

"차라리 죽자! 우리 차라리 죽자고! 널 죽이고 나도 따라가겠어! 네가 예은창 그놈의 괴상한 술수, 최면 같은 것에 당해서 나에 대한 사랑을 잊어버렸으니! 죽음으로 그 속박을 풀어내자! 같이 죽는 거야 보람아!"

어찌나 세게 조르는지, 보람의 얼굴이 금세 붉어졌다.

그리고 이때, 선생님들이 도착해서 장태한의 등을 때리며 떼어내려고 했다.

"이게 지금 뭐하는 짓이야!"

"빨리 놓지 못해!"

귀찮다 여긴 장태한이 보람의 목을 한 손으로 조르며 다른 손으로는 선생님들을 팔로 밀쳤다.

"으아악!"

그 힘이 어찌나 대단한지, 건장한 남자 선생님 둘이 통째로 날아갔다. 그리고 한 선생님은…….

교실 벽까지 날아갔다가, 자세가 잘못되어 목이 꺾이고 말았다.

두드득!

머리가 도저히 가능할 수 없을 각도로 꺾여 버리고, 그 선생님의 눈에서 생기가 빠졌다.

죽은 것이다.

"꺄아아아아악!"

그것을 본 학생들이 너도 나도 비명을 질렀다.

더불어 장태한의 몸에서부터 검은색 기운이 아주 조금씩 흘러나오기 시작하였다.

근데 이때.

항상 조용히 지내 누구도 누구의 주목도 받지 않고 지내던 한 아이가 화장실을 갔다가 돌아오는 길에 보람의 위기를 보고 땅을 박찼다.

부아아앙!

상당한 거리를 한번에 날아든 학생은 보람이 목을 졸리고 있던 쪽 벽을 발로 차서 다시 한 번 뛴 후에 장태한의 머리를 그대로 걷어찼다.

빠어어억!

상당한 소리가 울려 퍼졌지만, 장태한은 머리가 살짝 흔들렸을 뿐이다.

"칫!"

장태한을 때리고 땅에 떨어진 학생은 이준휘란 아이로, 보람조차도 몰랐지만 어릴 때부터 오성그룹의 후원을 받아 살아온 애였다.

또한 초등학교에 입학했을 때부터 무술을 익혀왔기에, 아무도 모르지만 아주 뛰어난 무술실력을 갖고 있었다.

항상 오성그룹에 감사하는 마음을 가진 그를, 보람이를 눈에 넣어도 안 아파할 정도로 귀여워하는 장회장이 언제나 보람과 같은 반이 되게 조정했었고, 그는 장회장의 바람대로 보람이 위험해지자 나선 것이다.

이준휘는 항상 가지고 다니던 두꺼운 철막대를 꺼내고 어떤 위치를 꾹 눌렀다.

그러자 막대가 드드득 하면서 풀려, 곧 경찰의 진압봉 같은 길이가 되었다.

하지만 그 위력은 훨씬 대단할 것이다.

오성그룹에서 특수 제작한 것으로, 공격에 최대한의 파괴력을 담을 수 있도록 설계되었으며 특수합금을 사용하여 단단하기가 이루 말할 수 없으니까 말이다.

이준휘가 그 막대를 들고 회전하며 뛰어오르더니, 540도의 회전과 함께 장태한에게 내려쳤다.

정확히 뒷목을 목표로 하여서 말이다.

빼어억!

상당한 소리가 울려 퍼지고, 이번엔 상당한 타격을 받았는지 장태한이 몸을 크게 휘청거렸고, 여파로 인해 보람을 놓치고 말았다.

금방이라도 의식을 잃을 뻔하였던 보람이 땅으로 떨어져 켁켁거리며 괴로워했다.

"도망치십시오, 아가씨!"

이준휘는 장태한이 이 정도로도 쓰러지지 않을 것임을 직감하고 있었다. 그의 생각에 장태한은 이미 사람이 아니었다.

왜인지 모르지만, 마치 마귀처럼 변해 가고 있는 듯했다.

그의 생각대로, 장태한은 이준휘의 엄청난 타격에도 목뼈가 부러지지 않았고 다시 움직였다.

"날 방해하지 마!"

그렇게 말하며 휘두른 장태한의 팔을 미처 피하지 못한 이준휘가 자신의 막대기로 막았다.

우저적!

"크윽!"

양손으로 막대를 잡고 있던 손이 그대로 으스러져 버렸고, 이준휘는 뒤로 날아가 교실 벽과 부딪치고 앞으로 굴렀다.

그의 입에서 피가 토해져 나왔고, 장태한은 그를 밟아 죽이려는 듯 발을 들어 내리찍었다.

살기 위하여 이준휘가 급히 장태한의 공격을 피하고, 후들거리는 다리로 가까스로 서며 보람에게 말했다.

"어서, 어서 도망 치십시오, 아가씨!"

이준휘의 거듭된 외침을 듣고서 정신을 차린 보람은 숨이 막혀 그녀 자신도 숨이 부족해 괴로운 상태에서도, 달리기 시작하였다.

"안 돼, 가지마!"

장태한이 보람을 뒤쫓으려 했고, 이제 두 손을 쓸 수 없던 이준휘는 옆에 있던 의자 하나를 발로 걷어차 장태한을 맞췄다.

"어딜 가! 일단 나부터 해결해야 할걸?"

또 한 번 방해를 받은 장태한이 인간 같지 않은, 인간으로서는 낼 수 없을 괴기한 고함을 지르며 이준휘를 덮쳤다.

그리고 복도를 달리던 보람이 3학년들의 층인 4층을 내려가 3층에 당도한 순간. 갑자기 복도 위가 무너지며 장태한이 떨어졌다.

"크크크크. 도망 못 가, 나랑 같이 죽어야 돼. 장보람."

이미 장태한의 전신을 뒤덮고 있던 검은색 기류는 더욱 심해져 있었고, 덩치는 본래에 비해서 두 배나 커져 있었다.

키가 벌써 4미터 가까이 된 것이다.

"아!"

예전의 보람이었다면 여기서 바로 힘이 풀려 엉덩방아를 찧고, 도망치지도 저항하지도 못한 채 당했을 것이다.

하지만 근래 여러 일을 겪으며 보람 역시 마음이 강해져, 이전처럼 힘없고 여리기만 한 소녀는 아니었다.

그녀가 다시 한 번 마법을 사용하여 장태한의 머리를 불덩이로 맞췄다.

아까 전 얼떨결에 사용했을 때보다 더 큰 불덩이였지만, 장태한은 아무렇지도 않아했다.

아니 더 화가 났을 뿐이다.

크아아아!

마귀들만이 내는 독특한 소리.

그것을 내며 장태한이 보람을 잡고자 팔을 휘둘렀다.

"읏!"

보람이 빠르게 뒤로 몸을 날려 공격을 피했다. 하지만 장태한의 다른 쪽 손이 벌써 날아오고 있었다.

이건 피할 수 없다!

그것을 직감한 보람이 눈을 질끈 감았다.

'은창아!'

하지만 아무 일도 벌어지지 않았고, 보람이 급히 눈을 뜨니 거기엔 장태한의 팔을 막은 거구의 사내가 있었다.

바로, 테디였다.

테디가 보람을 향해 휘둘러진 장태한의 팔을 막은 것이다.

이때쯤 장태한의 변화는 더욱 가속화되어, 마치 만화나 영화 속에서 나오던 헐크와 같은 몸이 되어버렸다. 울끈불끈한 근육질에 큰 덩치. 다른 점은 장태한의 경우 초록색이 아니라 검은색이란 점이고.

머리카락이 변하여, 메두사처럼 뱀들이 되어버렸단 점이다.

"우아아아!"

테디가 자신의 공격을 막자, 더욱 화가 난 장태한이 이번엔 다른 쪽 팔을 휘둘렀다.

부우우웅!

"크윽."

장태한의 오른팔을 막던 양손 중에 오른팔을 빼내, 그것으로 장태한의 왼팔을 막았다.

우득!

뼈가 부러지는 소리가 들렸다.

하지만 테디는 버텼다.

거구의 장태한의 공격을, 마주 손을 뻗어 막으며 버텼다.

우드드드득!

테디의 전신에서 뭔가 부러지고 으스러지는 소리가 끊임없이 울려 퍼졌다.

"테, 테디 아저씨!"

놀란 보람이 소리쳤고, 테디는 자신의 누구보다 사랑스럽고 귀여운 작은 아가씨를 뒤돌아보며 괜찮다는 듯 억지웃음을 보였다.

"하하, 거, 걱정하지 마요. 아가씨."

눈물짓는 보람을 보며, 테디는 자신이 보람을 처음 만났을 때가 떠올랐다.

테디, 본명 권대경은 모든 걸 잃은 남자였다.

같이 살던 엄마는 권대경 본인과 고작 열다섯 살 차이였는데, 매일같이 술을 마시고 권대경을 욕하기 일쑤였으며 폭력과 학대도 어릴 때부터 이어온 일상이었다.

그가 어릴 때.

엄마는 흔히 말하는 원조교제란 것을 했었다고 한다. 그런데 덜컥 임신을 해버린 것이다.

아빠가 누군지는 모른다.

고작 중학생이었던 엄마는 중절 수술을 받을 형편도 되지 못해, 억지로 유산을 하고자 했다. 스스로 배를 때리고, 독한 약을 먹고……. 유산할 수 있는 방법이란 방법은 모조리 써봤지만 권대경은 끈질겼다.

결국 그렇게 태어났는데, 엄마가 방치에 가깝게 기르며 신경도 써주지 않았지만 어떻게든 생을 이어나갔다.

외할머니 덕분이었다. 치매에 걸려 있었던 외할머니는 그래도 간혹 제정신이 들 때마다 권대경을 챙겨주었고, 그 덕분에 권대경은 모진 생을 이어갈 수 있었다.

권대경의 엄마는 권대경이 성장하면서 계속하여 매춘을 하였다. 그것 말고는 돈을 벌 방법이 없던 것이다.

그러다 한 번씩 남자와 눈이 맞으면 새 아빠랍시고 집에 들이곤 했었다. 그럼 그 새 아빠의 대부분들은? 허구한 날 엄마와 할머니, 권대경을 때렸다.

권대경이 맞은 이유는 혐오스럽다는 것. 나이에 맞지 않게 험상궂고 못생겼다며 재수 없다고 때렸다.

그럴 때마다 권대경은 이를 악물었다.

언제고 저 새 아빠란 족속들을 잊지 않고 찾아가 모두 죽여버리겠다고 말이다.

권대경을 때리던 것은 새 아빠나 엄마뿐만이 아니었다. 동네 아이들도 그를 무리지어 괴롭혔고, 그 누구도 가까이하려 하지 않았다. 단지 외모 때문에.

권대경은 먹는 게 변변찮음에도 불구하고 덩치가 갈수록 커졌는데, 중학교 때 벌써 성인보다도 건장할 정도였다.

그러다 할머니가 죽었다.

그의 엄마는 몰랐고 권대경도 제대로 못 봤지만 권대경은 확신했다. 네 번째 새 아빠가 죽인 것임을 말이다. 어린 나이기에, 그저 할머니의 죽음에 목 놓아 울 뿐 112나 119에 신고할 생각도 못하던 권대경은 그저 엄마를 기다렸다.

그리고 권대경은 밖에 나갔다 들어왔던 엄마에게 그 이야기를 했고, 술에 잔뜩 취해 있던 엄마는 그게 무슨 말이냐며 외려 권대경을 때렸다.

어머니의 모진 구타를 받던 중, 새 아빠가 들어왔다. 아무렇지 않다는 듯 태연하게, 역시 술에 잔뜩 취해서는.

권대경은 할머니를 죽인 살인자라며 소리쳤다. 새 아빠는 그게 무슨 헛소리냐며 권대경을 마구 때리기 시작했다. 처음엔 주먹과 발로 때리다, 나중엔 주변에 있던 갖가지 물건으로 때렸다.

권대경은 딱히 운동을 배운 적도 없었지만 그저 태어날 때부터 강골이었다. 아무리 때려도 권대경이 딱히 아파하는 기색도 별로 안 보이는 듯하자, 새 아빠는 도가 지나친 행동을 하기 시작했다.

선반에 있던 망치를 들고 와서 때리기 시작한 것이다. 피가 튀고 권대경도 신음과 비명을 흘리기 시작했다.

그런데 그때서야 모정이 살아난 것일까.

엄마가 때리지 말라며 말렸다.

하지만 이미, 자신이 살인을 저질렀고 그것을 권대경이 안다는 사실에 흥분해 있던 새 아빠는 눈이 뒤집히기 일보 직전이었고, 자신을 말리는 엄마에게 망치를 휘둘렀다.

딱 한 번.

뭔가 부서지는 소리와 함께 엄마가 뒤로 넘어졌고, 권대경은 그녀도 죽었음을 깨달았다.

권대경은 새 아빠를 밀치고 나가 엄마를 안아 들었다.

하지만 이미 돌이킬 수 없는 일이었다. 엄마는 숨을 쉬지 않았다.

새 아빠는 권대경의 우악스러운 힘에 의하여 밀쳐지고 나서야 어느 정도 정신을 차렸는데, 자신에 의해 동거녀마저 죽은 것을 보곤 놀라서 집을 뛰쳐나갔다.

권대경이 일생을 살아오며, 엄마가 자신을 편들어주며 막아준 건 그때가 처음이었다. 그런데 엄마는 그런 모습을 보여주자마자 죽어버리고 말았다.

그나마 기댈 수 있었던 두 명.

할머니와 엄마가 죽자 권대경은 목 놓아 울면서 눈에 불을 켰다.

그리고 그 새 아빠를 찾아갔다.

권대경은 알고 있었다.

새 아빠가 동네에 있던 한 나이트클럽의 웨이터이며, 그 나이트의 웨이터며 동네 호스트바의 호스트들이 모여서 낄낄대며 술 마시고 시간을 보내는 장소가 있단 것을.

권대경은 새 아빠가 엄마를 죽일 때 썼던 망치 하나를 들고 그곳으로 향했다.

가니, 과연 거기에 있었다.

열 명쯤 되는 웨이터며 호스트 등 양아치들이 골 빈 여자를 몇 끼고 술 마시며 놀고 있었다.

심지어 권대경의 새 아빠도 어느새 거기에 껴서 여자들을 만지작거리며 술을 마시고 있었다.

망치를 들고 찾아온 권대경을 보자 놀란 새 아빠가 저 새끼 죽이라며 소리를 질렀고, 양아치들은 주변에 있던 소주병이며 칼 등을 들고서 권대경에게 다가갔다.

그리고 싸웠다.

권대경은 비록 중학교 1학년의 나이였지만 덩치는 그들보다 더 컸고, 더 날쌔고, 힘이 셌다.

더구나 태생적인 감, 본능이 날카롭게 서 있어서 싸움의 기술 역시 훨씬 뛰어났다.

모두 죽였다.

그리고서 권대경은 허무함에 빠졌다. 이제 더 할 것이 없는 것이다.

그는 이대로 거리에 나가 아무나 죽이고 죽이다, 자신도 죽고 싶단 충동이 들었다.

그만큼 세상이 미웠다.

하지만 이때 TV에서 한 재벌가 회장의 모습이 나왔다.

그때 한참 떠오르고 있던 기업, 오성그룹의 회장 모습이. 그는 외제차에 비싸 보이는 양복을 입고 있었다.

그걸 보자 갑자기 분노가 치밀어 올랐다.

저 사람이 저리 행복하게 사는 것 때문에 자신은 불행한 것처럼 여겨졌다.

저 사람의 집은 자신이 알고 있었다.

이 동네에서 옆옆 동네에 위치한 아주 커다란 단독주택에 살고 있었다.

권대경은 무턱대고 그곳으로 향했다.

그리고 그 안에 있는 회장 일가를 하나도 빠짐없이 죽이겠다 마음먹었다.

그는 어떤 침투기술을 배운 것도 아니고 무술을 배우지도 않았다. 하지만 짐승과 같은, 본능적인 감만으로 가장 안전한—경호원들의 눈이 닿지 않는 사각—곳을 통하여 담을 넘었고, 역시 살금살금 안으로 들어갔다.

수년의 훈련을 거친 첩보원, 특수부대원이라 해도 권대경처럼 하기는 힘들었으리라.

그리고 그가 한 방 안에 들어갔을 때.

거기에는 꼬마공주가 있었다.

꼬마공주가, 피 묻은 옷에 산발이 된 자신을 보며 활짝 웃었다.

"앗! 새로 들어온 아저씨예요? 와, 아저씨는 곰 같다! 귀여워, 테디베어 같아!"

부끄러움에.

권대경은 손에 들고 있던 피 묻은 망치를 뒤로 돌려서 보람의 시야에서 숨겼다.

그리고 이때.

이상함을 느낀 정민호가 달려왔고, 테디는 그들에 의하여 제압당하며 눈물을 펑펑 흘렸다.

무슨 이유에선지 몰라도 그냥 펑펑.

그 뒤로 권대경은 테디라 불렸고, 그의 천부적 능력을 알아본 정민호와 그저 아무 이유 없이 좋아하던 보람의 탓에 오성그룹에 의하여 숨겨져 길러졌었다.

테디는 자신이 항상 가슴에 품고 있던, 보람이 그저 선의로 해맑게 웃어줬던 웃음을 떠올리며 그와 똑같이 웃으려 노력했다.

우저적!

웃음 짓는 사이에도.

테디의 전신에서는 뼈가 어긋나는 소리가 연속하여 들렸다.

"아, 아저씨. 안 돼…… 그만 피해요!"

보람의 말에 테디가 힘겹게 고개를 저었다.

그리고 말했다.

"아니에요. 내가 이렇게 시선을 끌고 있어야……."

거기까지 말한 순간, 정민호가 아까 장태한이 떨어졌던 구멍을 통하여 갑자기 모습을 드러내어 밑으로 뛰어내렸다.

서걱!

정민호 일생, 그 언제 어느 때보다도 가장 깔끔한 베기였다.

어떤 것이든 벨 수 있을 완벽함을 지닌!

뱀들이 혀를 날름거리는 혐오스러운 장태한의 머리가 바닥으로 떨어졌다.

"아가씨, 괜찮으십니까?"

장태한의 무릎을 한차례 밟고 그림 같이 땅에 착지한 정민호가 검을 검집에 넣으며 한 말이었다.

하지만 이때. 보람이 정민호의 뒤쪽을 가리키며 말했다.

"아, 안 돼요. 뒤에!"

"예?"

모든 것이 끝났다 생각하며 정민호가 뒤돌아본 순간, 장태한의 거대한 손바닥이 정민호를 움켜쥐었다.

"큭!?"

놀란 정민호가 벗어나려 발버둥치고 양 주먹으로 장태한의 손을 내려쳤지만, 장태한의 손에서 전해져 오는 힘은 조금도 줄지 않았다.

"보, 보스!"

테디가 놀라서 소리쳤지만, 이미 그도 움직일 수가 없는 입장이었다.

몸과 떨어져서 땅에 붙어 있던 장태한의 얼굴이 입을 열었다.

"으흐흐흐흐. 누구도…… 나와 보람이 사이를 가로막지 못해."

장태한이 그렇게 말하며 손에 힘을 주었다.

우드드드득!

"크아아아악!"

정민호가 참지 못하고 비명을 질렀다.

전신의 뼈가 으스러지는 그 고통은 이루 말할 수 없을 만큼 크기 때문이었다.

"이놈, 그만두지 못할까!"

우렁찬 목소리와 함께.

빛살같이 빠른 속도로 누군가 등장했다.

그러며 그는 정민호를 쥐고 있던 장태한의 팔을 잘라버렸다.

"그아아아!"

머리에 이어 팔까지 잘린 장태한이 비명을 내지르고, 정민호는 장태한의 손에서 풀려나 땅바닥으로 떨어지다, 방금 등장했던 장년인에 의하여 붙잡혔다.

"민호, 민호야! 괜찮으냐?"

정민호의 몸은 마치 연체동물처럼 흐느적거리며 아무 힘도 없었다. 이미 모든 뼈가 바스러진 상태인 것이다.

장년인, 현다솔의 아버지인 현무인의 목소리에 정민호가 힘겹게 눈을 떴다. 그리고 현무인의 얼굴을 확인하고 눈을 부릅뜨더니, 이내 눈가에 눈물이 맺혔다.

"스…… 스승님."

다솔이 정민호를 보고 어딘가 낯이 익다 생각했던 이유가 바로 이것이었다.

비록 다솔은 너무 어려 제대로 기억하지도 못했지만, 정민호는 어릴 적 다솔이 누구보다도 친근하게 여기며 잘 따랐던 아버지의 수제자였다.

현무인이 가문에 대대로 내려오던 가법을 깨고 기공을 가르치고 싶다 마음먹었을 정도의.

물론 그전에, 정민호가 떠났지만 말이다.

"그래, 나다 이놈아."

이미 정민호는 가망이 별로 없었다.

장태한이 정민호를 쥐고 있던 시간은 실로 짧았지만, 그 순간에 가해진 충격은 너무나 강했기 때문이었다.

이때.

장태한의 몸에 갑자기 검은색 기류가 한 번 더 일어나더니, 그가 혼잣말을 했다.

"알.겠.습.니.다.주.인.님."

말이 끝남과 동시, 장태한의 잘린 팔에서 검은색 기류가 나와 잘려서 땅바닥을 구르고 있던 팔과 이어져서 순식간에 합쳐졌고.

장태한은 한쪽 손으로는 자신의 머리를, 또 한쪽 손으로 보람을 움켜쥐고 갑자기 뛰기 시작하였다.

"아, 안 돼!"

그걸 본 정민호와 테디가 경악하여 따라가고자 했지만, 둘 중에 지금 움직일 수 있는 사람은 없었다.

하여 정민호가 현무인을 보며 말했다.

"스승님! 부탁입니다! 저놈을 따라가, 부디 아가씨를! 아가씨를 구해주십시오!"

하지만 현무인은 고개를 저었다.

"안 된다! 너도 물론이거니와 저 덩치 큰 꼬마도 현재 목숨이 경각에 달린 상황이다. 내 어찌 너희 둘을 두고 간단 말이냐? 넌 다르다 여길지 몰라도 나에겐 목숨의 경중 따위 존재하지 않는다!"

한 번 결정 내리면 절대 번복하지 않는다. 현무인의 그런 성격을 아는 정민호는 이를 악물며 멀어지는 장태한을 쳐다봤다. 그리고 테디가 말했다.

"보, 보스…… 아직 우리에겐 그놈, 은창이 있잖수……. 재빠른 놈이니 분명, 무슨 사단이 나기 전에 아가씨를 구할 것이우."

"크윽."

힘이 부족해 보람을 구하지 못한다.

그것이 너무나 분하여 정민호는 주먹을 꽉 쥐고 눈시울이 붉어졌다.

정민호의 그와 같은 모습을 내려다보며, 현무인은 과거를 떠올렸다.

"네가 바로 민호로구나. 반갑다."

현무인의 십팔반병기와는 다른 갈래로, 기공을 간직하며

대대로 전수하고 있던 한 집안이 있었다.

그것이 바로 정민호의 집안이었다.

하지만 아직 정민호가 어린 나이였던 때, 부모님이 교통사고로 한꺼번에 돌아가시고 말았다.

어머니는 고아셨고, 아버지는 손이 귀해 외동아들이셨다. 할아버지 할머니도 일찍 돌아가신 상황.

간단히 말해서, 정민호는 한순간에 천애고아가 되어버리고 말았다. 그의 여동생과 함께 말이다.

이때 손을 건넨 것이 바로 현무인이었다.

정민호와 그 여동생이 현무인에게 맡겨졌을 때 정민호 나이 아홉 살 때.

그리고 스무 살이 되던 해의 어느날 밤 정민호는 현무인에게 가서 말했다. 자신이 익힌 무술을 필요로 하는 곳이 있는데, 그곳에서 돈을 받으며 일을 해도 되겠냐고.

현무인은 노발대발했다.

절대 안 된다며 엄포를 놓았다.

그리고 다음 날. 정민호는 여동생과 함께 집을 나가버렸다.

정민호와 그 여동생을 아들딸처럼 여기던 현무인으로서는 큰 충격이었다. 하지만 정민호가 어린 나이에 돈이 정신이 팔려 무인의 길을 버렸다 생각하며 마음에서도 버리려고 했다.

·

하지만 그래도 계속해서 마음이 남아, 정민호의 행적을 추적해 보았다.

그리고 알게 되었다.

나날이 수척해지던 정민호의 여동생이 사실 큰 병을 앓고 있었고, 정민호는 현무인에게 부담 주는 것이 싫어서 그 몰래 검사를 받았다가, 그와 같은 병이 있음을 알게 됐었다.

하지만 자존심 강하고 현무인에게 더 이상 기대는 것을 피하고 있던 정민호는 사실대로 말하지 못했었고, 그러던 중 오성그룹의 장 회장과 인연이 닿았던 것이다.

그걸 생각하니 현무인의 눈시울도 붉어졌다.

구급차와 경찰차가 다가오는 사이렌 소리가 점차 가까워지고, 현무인은 이미 그 어떤 치료를 해도 소용이 없이 곧 목숨을 잃을 자신의 제자를 내려다봤다.

"수아는, 수아는 떠날 때에 많이 아파했더냐?"

현무인의 물음에 정민호가 눈을 질끈 감았다. 아픈 기억이 다시 떠올랐기 때문이고 현무인에게 너무 큰 죄를 지었던 것이 생각났기 때문이었다.

"……아닙니다. 떠나는 순간만큼은 아파하지 않았었고. 아버지와 어머니를 그리워하며 제 손을 잡았습니다. 그리고…… 스승님 얘기도 하며 그리워했었습니다."

참지 못하고 현무인이 눈물을 뚝뚝 흘리기 시작했다.

정수아가 오성그룹 최고의 의료진에게 치료를 받으면서도 끝내 병을 이기지 못하고 목숨을 잃게 되었단 소식을 들었을 때, 어찌나 아파했던가.

항상 현무인은 정민호에게 미움과 애정이 반반이었다.

자신에게 솔직히 말하지 못하고 그저 떠난 것이 야속했고, 그럼으로 수아의 마지막도 보지 못하게 함으로 미웠고. 또 정민호가 그렇게 해서 오성그룹의 지원을 받음으로 인해 수아가 본래 정해진 수명에 비하여 3년이나 더 살고 죽었단 말에 그 미움이 좀 덜어지곤 했었다.

"민호야, 잘 들어라. 넌 이제 곧 있으면 죽는다."

"알고 있습니다, 스승님. 그래도 마지막 순간에나마 스승님을 뵐 수 있어서 다행입니다."

둘의 이야기를 듣고 있던 테디가 팔다리가 모조리 부러진 상황에서도 펄쩍 뛸듯하며 말했다.

"자, 잠깐! 그게 무슨 소리예요? 보스가 죽는다고요!? 보스가!?"

현무인이 담담히 정민호에게 말했다.

"기억하느냐. 내 너에게, 아침마다 명상을 시키며 말했었다. 언제고 네가 참으로 나의 아들이 되면 기공이라는 것을 전수해 주겠다고 했던 말을."

"기억합니다. 하지만 저는 결국 배우지 못했었지요."

"지금부터 내가 너의 몸에 내 기운을 한줄기 넣어줄 것이며, 호흡법을 하나 알려줄 것이다. 둘 모두 절대 잊지 말아라."

"예? 그게 무슨 말씀이십니까?"

당황하여 반문하는 정민호를 무시하고, 현무인은 정민호의 어깨를 잡고 그의 몸에 기공을 흘려보내며 호흡법을 알려주기 시작했다.

Chapter 13

끝없는 성장

집에서 쉬고 있던 은창은 갑작스러운 긴급 콜을 받고 비공익을 전개하여 보람을 좇았다.

GPS장치를 통하여 장태한의 위치를 실시간 전송 받으며 그를 좇던 은창은 드디어 장태한이 저 멀리 보이기 시작하자 더욱 박차를 가하여 좇았다.

장태한이 어찌나 빠르게 달렸는지 이곳은 벌써 백두산 근처였는데, 은창이 장태한에게 약 10m 정도까지 접근했을 때. 장태한이 한반도를 지켜주던 진법 바깥으로 나갔고, 갑자기 연기로 변하여 사라졌다.

들고 있던 보람까지 같이 말이다.

"뭐…… 뭐야?"

당황한 은창이 눈을 동그랗게 뜨며 당황하고 주변을 샅샅이 뒤졌지만 그 어디에도 없었다.

그때 이어폰으로 다급한 목소리가 들렸다.

"어, 어떻게? 이게 어떻게 된 거죠!? 보람 양의 신호가 갑자기 사라지고, 지금 다른 곳에서 나타났습니다!"

"다른 곳이라뇨? 어디를 말하는 거죠?"

"어…… 여기가…… 캘리포니아! LA입니다!"

은창은 망치로 뒤통수를 얻어맞은 기분이었다.

"LA라고요!? 미국 말하는 거 맞죠 지금?"

"예, 그렇습니다."

"거기가 확실한 거겠죠?"

"물론입니다!"

아마도 공간이동 비슷한 게 가능한가 보다. 데스티와 에젤린을 떠올리며 공간이동을 염두에 둔 은창은 비공익을 다시 전개하여 태평양을 건너기 시작했다.

가속을 시작한지 1초도 되지 않아 소닉붐이 몇 차례나 연속으로 터지고, 그는 마하 60도 넘어가는 속도로 날았다.

"소…… 소, 속도가!"

상황실에 있던 문지훈이 은창의 속도에 놀라 당황하는 말이 들리고, 은창은 그야말로 순식간에 LA의 보람이 있는 곳에 도착하였다.

꽈아아앙—

은창이 착지하자마자, 주변 땅이 터지고 갈라졌다.

착지를 하기 위하여 잠시 수그리고 있던 몸을 편 은창은 저 멀리, 목과 양팔, 양다리에 수갑이 채워진 상태의 속옷차림으로 쓰러져 있는 보람을 발견하고 이를 바득 갈았다.

저벅저벅.

자신을 쳐다보는 뱀파이어들의 시선 속에서, 은창이 그들을 향하여 걸었다.

순간, 은창과 가장 가까이에 위치해 있던 네 뱀파이어가 송곳니를 드러내며 덤벼들었다.

가장 먼저 오른쪽 팔꿈치로 머리를 쳐 날리고.

빼엉—!

앞으로 한 걸음 더 내딛으며 왼쪽 스트레이트!

뽀각!

내딛은 발을 축으로 돌며 칼날 같은 뒤돌려 차기.

서걱!

두 뱀파이어가 은창의 공격에 당하여 사이좋게 목이 날아갔다.

뱀파이어들을 처리하고 나서, 은창은 다시 비공익을 전개했다.

가까운 거리를 정교하게 움직여야 하니 최대 속도가 아닌 마하 20 정도의 속도로. 물론 이 정도로도 일반 사람들은 시야에 은창을 담지도 못한다.

슥—

앞에 있던 무수히 많은 뱀파이어를 마치 허수아비 지나치듯 하며 보람에게 날아가던 은창은 갑자기 눈앞으로 안개가 하나 피어오름과 동시 그것이 여성의 모습으로 바뀌자 깜짝 놀라면서도 기민하게 반응해 주먹을 내뻗었다.

꽈아아앙!

폭음이 울려 퍼지고, 은창의 주먹이 막혔다.

그를 가로막은 뱀파이어, 퍼스트블러드 메이블은 손바닥에서 자그마한 마법진을 생성하여 은창의 공격을 막은 상태로 고혹적으로 웃었다.

"너…… 마음에 드네. 내 남편이 되어주겠어?"

아찔한 느낌과 함께 은창은 순간적으로 몸이 굳음을 느꼈다. 그리고 때를 같이하여 메이블의 손톱이 은창의 상체를 긁으려 들었다.

금양보력을 끌어올림으로써 정신속박을 빠르게 풀어낸 은창이 급히 상체를 뒤로 젖혀 메이블의 공격을 피했다.

"벗어난 것 같아?"

그렇게 말하는 메이블의 얼굴이 갑자기 흐릿해졌다. 더불어 하늘과 땅이 돌고, 자신도 돌기 시작하였다.

깔깔깔깔깔!

메이블의 웃음이 온 세상에 가득해지고, 은창은 정신을 잃었다.

드드드득—

은창의 몸이 굳기 시작하더니 곧 돌로 변해 버렸다. 이 돌은 메이블의 흑마법에 의하여 생겨난 것으로, 그 어떤 것으로도 부수거나 녹일 수 없다.

"흐응. 참 귀찮은 기술이란 말이야."

메이블이 건 것은 정신마법. 상대를 환상의 세계에 결박시키고 육체는 석화시킨다.

그 환상의 세계에 들어간 자들은 거의 대부분, 영원히 깨어나지 못한다.

"하지만 오대성력의 후인이 그리 쉽게 당할 리 없잖아? 우후훗! 과연 얼마 만에 깨어날지. 자, 얘들아. 파티를 시작하자!"

드드드드드드—

어두운 가운데, 은창의 석상이 흔들리기 시작했다.

환상 속 세계에서 힘들게 벗어난 것.

그리고 석화가 풀리고 그가 깨어났다.

어쩐지 한층 더 깊어진 눈빛이 된 은창. 정신적으로 한 단계 성숙한 것 같은 느낌이다.

"여긴…… 어디지?"

은창이 중얼거릴 때. 갑자기 은창이 있던 자리와 반대편 자리에 불이 들어왔다.

이게 무슨 짓인가 싶어 눈살을 찌푸린 은창은 자신처럼 불이 켜진 곳에 있는 거대한 동체를 봤다.

바로 장태한이었다.

그가 자신을 무섭게 노려보며 씩씩대고 있었다.

"이거 원. 눈빛만으로도 사람을 죽이겠구만?"

장태한은 이미 마귀화가 완벽하게 진행된 상태. 더 이상 인간은 아니었다. 그렇기에 자비를 베풀 필요도 없었다.

—1~ 라운드! 한 여자를 사이에 둔 두 남자의 숙명적 대결!

스피커를 통해 들려오는 소리였다. 때를 같이 하여, 어두웠던 실내가 환해졌다.

있는 곳은 동그란 방으로 크기가 제법 커서 어지간한 40평형 아파트 정도였다.

"크아아아!"

장태한이 괴성을 지르며 은창에게 달려들었다.

그것을 가만히 지켜보며 은창이 말했다.

"어이. 그래도 같은 학교를 다녔던 걸 생각해서 설렁설렁 해 주고 싶은데, 지금 내가 얼마나 오랫동안 정신을 잃고 있었는지 알 수가 없어서 말이야. 그래서 좀 빨리 끝낼 테니 이해해라."

말이 끝남과 동시에 은창이 움직였다.

쿠아!

자신의 눈앞으로 달려오던 은창을 향해 앞발을 휘둘렀던 장태한은 손에 아무것도 잡히지 않았고 은창도 보이지 않자 '쿠릉?' 하는 소리를 내며 주변을 살폈다.

하지만 그 어디에도 은창은 없다.

그때.

톡톡!

"여기야, 멍청아."

은창이 장태한의 머리 위에 올라탄 채 쭈그리고 앉아, 장태한의 이마를 손가락으로 톡톡 두들긴 것이다.

화가 난 장태한이 머리 위로 팔을 휘두른 순간.

은창이 전신의 금양보력을 하체 쪽으로 집중시키면서 독특한 집중을 행했다.

"꾸헉!"

갑자기 수백 톤으로 무게가 늘어난 은창이 장태한의 목을 밑으로 내리 눌렀다.

뚜둑— 콰쾅!

장태한의 목뼈가 부러지는 소리와 함께, 머리가 콘크리트 바닥을 파고들었다.

"너 때문이야 결국. 너 때문에 이런 일이 벌어진 거잖아?"

그렇게 말하며 은창이 장태한의 머리를 잡고, 발로 어깨를 눌렀다. 머리카락 대신 생겨난 뱀들이 계속해서 은창을 깨물었지만, 소용없는 짓으로 이빨은 피부에 박히지도 못했다.

은창이 힘을 줬다.

뿌드득!

장태한의 머리가 그대로 뽑혔다.

거대한 머리를 품에 든 은창이 그것을 양팔로 크게 잡은 뒤에 말했다.

"그만 가라!"

퍼서석.

장태한의 머리가 산산조각 났고, 곧 연기로 변하여 소멸해 버렸다.

—오오! 1라운드는 예은창 군의 승리! 모두 축하해 주십시

오~! 자, 하지만 이어지는 2라운……

스피커에서 거기까지 목소리가 흘러나올 때, 은창이 그 스피커를 부숴 버렸다. 더불어 세 군데에 설치되어 있던 카메라도 함께 말이다.

"이 빌어먹을 마귀 놈들이."

자신이 마치 동물원 안의 원숭이처럼 됐단 생각에, 은창의 이마로 힘줄이 돋아났다.

그는 유일하게 하나 있던 문을 발로 뻥 차서 박살 내고, 나타난 복도를 뛰었다.

그리고 다음 문을 열고 들어가니, 아까와 똑같은 방이 하나 더 있었다.

다른 점은.

여기엔 장태한 같은 괴물이 아니라 관 네 개가 놓여져 있단 것.

―자, 2라운드입…….

퍼펑!

분노한 은창이 다시 스피커를 때려 부수고, 관 하나에 날아가서 오른발 뒤꿈치로 내려찍기를 가했다.

꽈과광!

그 공격에, 관과 함께 안에 있던 뱀파이어가 동시에 생명을 다했다.

"으악, 일어나! 모두 일어나라!"

남은 세 뱀파이어가 허겁지겁 관 뚜껑을 열어 일어났고, 은창은 한줄기 바람이 되어 그들의 곁을 스쳐지나갔다.

"커허허헉!"

목에서 발끝까지.

마치 꽈배기처럼 혹은 빨래를 쥐어짤 때처럼 배배 꼬인 뱀파이어들 셋이 동시에 소멸했다.

"더는 못 놀아주겠군!"

그렇게 말하며 은창이 비공익을 꺼냈다.

파르르르—!

그의 분노를 대변하듯 떨리는 빛의 날개.

곧 날개에서 떨어지던 빛의 입자가 무수히 많아지더니 은창이 엄청난 속도로 날아갔다. 목표는, 정신을 잃기 전에 봤던 여성형 뱀파이어가 느껴지는 곳이다!

콰광— 콰콰광— 콰콰콰콰광!

세 개의 동일한 방을 부수고 나니 나타난 것은 계단.

—이런, 이런. 성격이 급한 분이시군요. 우리가 준비한 놀

이들을 제대로 즐기지도 않으시다니! 자, 그 계단을 통하여 꼭대기로 올라오십시오, 도전자여!

"도전자는 개뿔. 내가 이 새끼들 모조리 죽여 버리고 말겠어."

분노를 풀풀 풍기며, 은창은 비공익을 펼쳐 그대로 수직상승했다.

콰과과과광

계단과 각 층을 부수며 날아간 은창은 곧 30층 높이의 옥상에 당도하였다.

거기에 보람이 있었다.

커다란 십자가에 매달려 있는 모습으로.

그것이 은창의 분노를 더욱 부채질했다.

그가, 보람의 앞쪽에서 의자에 앉아 요염하게 다리를 꼬고 있는 메이벨을 쳐다봤다.

"내가 수많은 마귀를 만나고 또 소멸시켜 왔지만, 너처럼 나를 열 받게 하는 년은 처음이다."

은창의 말이 마치 칭찬이라는 듯, 메이벨은 진심으로 기쁘게 웃으며 인사를 했다.

"내 이름은 메이벨. 퍼스트블러드이다."

"메이벨? 퍼스트블러드?"

"어머, 모르는 건가? 하긴. 많은 시간이 흐르긴 했었지. 이렇게 말하면 이해가 빠를까? 내가 바로 사대귀장 중의 한 명이라고 말이야."

확실히.

메이벨은 여태껏 은창이 마주친 어떤 마귀들보다도 강했다. 그것도 압도적으로.

그녀가 사대귀장이라니 그 강함이 이해됐다.

"아, 그래? 그럼 잘됐군. 이 자리에서 널 죽여 귀계의 힘을 크게 줄일 수 있을 테니 말이야."

메이벨이 매혹적으로 웃었다.

"글쎄……. 하지만 일단 내 즐거움을 충족시켜 줘야겠어. 자아, 눈앞에서 사랑스러운 여자아이가 추악한 뱀파이어들에 의해 피가 빨리고 고통스러워하며 죽어가고 있어. 그럼 넌, 그 다급함과 분노로 인하여 평상시보다 더욱 강해질까, 아니면 신경이 분산되고 당황하여 더욱 약해질까?"

"뭐…… 라고?"

당황한 은창이 반문한 순간, 메이벨이 손바닥을 쳤다.

그러자 옥상 곳곳에 있던 관들에서 뱀파이어들이 하나둘 일어났다.

"한…… 3분? 3분이 지나면 저 녀석들이 아가씨를 향해 달려들 거야. 그전에 날 쓰러뜨릴 수 있으면 쓰러뜨려 봐!"

은창은 입술을 깨물면서 메이벨을 향해 날았다.

그리고 격돌!

꽈광!

메이벨은 두 가지 방법으로 싸웠다.

하나는 뱀파이어답게 강한 힘과 날카로운 손톱, 송곳니로.

또 하나는 흑마법으로!

그렇게 싸우던 도중 둘은 옥상의 한편으로 계속하여 밀려났는데, 한순간 은창의 눈으로 메이벨의 허점이 보였다.

뻐엉!

은창의 발이 메이블의 허리를 강타했다.

“꺅?”

다소 장난스러워 보이는 비명과 함께 메이벨이 건물 바깥쪽으로 날아갔고, 그대로 떨어지다 갑자기 그녀의 등 뒤에서 검은색의 박쥐형 날개가 돋아났다.

“꺄핫! 자, 공중전을 해보자고!”

곧 은창과 메이벨은 공중에서 싸움을 벌이기 시작했다.

확실히 메이벨은 강했다. 괜히 귀계의 사대귀장이 아닌 것이다. 은창은 얼마 전부터 귀주인 대승정을 목표로 두고 수련에 힘써왔는데, 정작 사대귀장부터도 그의 예상보다 더욱 강했다.

하지만 그래도. 은창은 자신이 질 것이라 생각은 들지 않았다. 실제로도 점차 우위를 점하고 있었고 말이다.

그런데 이때.

그가 절망스러워 할 일이 생겼으니, 드디어 뱀파이어 중 하나가 보람에게로 달려들기 시작한 것이다.

그걸 본 은창이 놀라서 보람에게 날아가려는 순간, 메이벨의 흑마법이 은창의 머리를 제대로 직격했다.

검은색 불덩어리!

그것에 맞은 은창의 몸이 공중에서 크게 흔들리고, 뒤통수 쪽이 피투성이로 변하였다.

"어머어머. 어딜 한눈파는 거야? 내가 그렇게 만만해 보여?"

그렇게 말하며 웃는 메이벨의 입을, 그대로 잡고 찢어버리고 싶은 마음이 들었다, 은창은.

"방해하지 마!"

은창이 메이벨을 향하여 자신이 낼 수 있는 최대한의 스피드와 파괴력으로 도합 열두 번의 공격을 한 뒤, 그대로 비공익을 최대한으로 전개하여 보람에게 가려고 했다.

이미 뱀파이어가 보람에게 3미터도 안 되는 거리로 가까워졌기 때문이다.

"안 돼!"

은창이 달려가려는 순간, 메이벨이 검은색 장미덩굴을 허공에서 생성시켜 그의 발을 묶더니, 곧 그것을 불태워 화상을 입히면서 손톱으로 은창의 등을 크게 그었다.

부우욱!

피가 허공으로 튀고, 은창의 몸이 크게 휘청였다.

"꺄하핫! 너는 위기에 그리 강하지 않은 타입인가 보구나. 흔들리고 있어! 흔들림으로 인해 더욱 약해지고 있고!"

하지만 은창은 메이벨을 신경 쓸 수가 없었다. 공격도 감내하며 다시 보람에게로 날아가려고 했다.

하지만 메이벨은 그를 내버려두지 않았다.

안개로 변하여 그의 앞을 가로막은 메이벨이 손짓하니 은창의 발밑과 머리 위로 흑마법의 마법진이 생겨나더니 곧 가운데로 엄청난 압력을 쏟아내기 시작했다.

"커헉!"

이미 상처를 입었던 곳들에서 피가 폭발하듯 터지고, 은창의 몸이 우그러들었다.

하지만 그보다 중요한 건.

이제 뱀파이어가 보람의 목에 송곳니를 박으려 하고 있단 점이었다.

기이이잉!

갑자기 들려오는 숨죽인 엔진소리.

그리고 검은색 제트기 하나가 상공을 엄청난 속도로 지나가더니, 거기서 하얀색 슈트를 입은 남자 하나가 검을 들고 떨어져 내렸다.

떨어지며, 보람을 물고자 머리를 내밀고 있던 뱀파이어의 목을 베어버리고, 바로 뒤돌려 차며 뱀파이어의 머리 잃은 몸을 뻥 날려 버렸다.

"괜찮으십니까, 아가씨?"

바로 정민호였다.

전과 완전히 다른 분위기의 그.

더구나 장태한에게 당하여 온몸의 뼈가 부서졌던 것도 언제였냐는 듯 쌩쌩하기만 하다.

이 모든 것은, 현무인의 덕이었다.

그가 자신이 일평생 모았던 모든 기공을 정민호에게 넘겨주었고, 그로인해 흡사 무협소설에서 나오는 것처럼 환골탈태가 이루어졌던 것이다.

현무인의 기공을 받은 정민호는 현무인보다도 더 강해졌다.

지금이라면 저 정도 뱀파이어야 손쉽게 상대할 수준은 되리라.

그것을 한눈에 보고 알아차린 은창이 메이벨을 보며 웃었다.

"어째, 상황이 많이 달라진 듯한데?"

메이벨은 크게 당황했다.

그녀가 공간이동을 하려던 찰나, 은창의 주먹이 메이벨의 얼굴을 강타했다.

"크흣!?"

공간이동을 실패한 메이벨이 고통의 신음을 내뱉고, 은창은 그녀를 보며 손가락을 까닥거렸다.

"너 말이야. 뭔가 흑마법을 하기 전에는 입술이 달싹거리더라고. 그리고 그 순간에는 육체의 반응속도도 훨씬 느려지고 말이야. 그럼? 네가 입술을 움직일 때마다 난 방어를 생각 안 하고 최대속도로 공격하면 그만이야!"

흑마법이 완전히 봉인된 메이벨은 더 이상 은창의 적수가 아니었다.

은창은 오래가지 않아 메이벨의 심장이 위치해 있을 가슴을 주먹으로 꿰뚫고, 그녀의 목을 잡아 뜯어 마무리를 해버렸다.

그렇게 사대귀장 중의 두 번째 귀장이 목숨을 잃었다.

*　　*　　*

레기온은 이번엔 아프리카로 향했다.

그곳에 있을 모리틴을 죽이기 위해서 말이다. 모리틴은 세상 온갖 사악한 주술을 사용할 줄 아는 마귀로, 그 뿌리는 아프리카의 부두교라 할 수 있었다.

지금 그의 등장으로 인하여, 아프리카에는 수없이 많은 좀비 떼가 생겨난 상태이다.

"모리틴! 이번엔 네 목을 취할 차례……."

좀비들의 한 가운데에 있는 모리틴을 보며 그렇게 말하던 레기온은 갑자기 이상함을 느꼈다.

"서, 설마!?"

하늘이 더욱 검고 붉어지고 있었다.

여태까지보다도 더욱 심하게 말이다.

지금 모리틴 주위에 있는 것은 십만의 좀비들!

그리고 그 좀비들의 가운데, 모리틴과 좀비들 사이에 껴서 덜덜 떨고 있는 것은 역시 십만 명의 노약자다. 어린아이, 여자, 노인.

"이런 미친 짓을!"

그렇게 말하며 레기온이 빠르게 달려가려는 찰나, 모리틴이 손에 들고 있던 부두교 의식 지팡이를 하늘 높이 올렸다.

"귀계의 주인이여!"

푸화아아악!

좀비와 노약자들.

도합 이십만이 모두 한순간 폭발하듯 터져, 핏물로 변하고 말았다.

털썩.

막지 못했단 생각에 레기온이 자신도 모르게 무릎을 꿇었다.

"이럴 수가……."

모리틴이 너무 조용한 것이 이상하다 싶기는 했었다. 하지만 본래 사대귀장 중에서 가장 약한 인물이기도 하고, 알파라이칸 타라울이 자신의 고향이라 할 수 있는 유럽을 휩쓸고 있기에 유럽을 먼저 갔던 것이 실수였다.

가장 먼저, 모리틴에게 왔었어야 했다.

이십만 명의 핏물은 홍수라도 난 것처럼 아프리카 초원을 뒤덮었고, 수없이 많은 짐승이 공포에 질려 울어대기 시작하였다.

핏물들은 소용돌이치며 돌고 돌아, 모리틴의 앞에 있던 한 구멍으로 빨려들었고…….

거기에서 한 사람이 생겨났다.

나타났다.

후덕한 인상에 인자한 웃음을 짓고 있는, 대체 어떤 교단인지는 모를 사제복을 입고 있는 노인.

그를 보자마자 모리틴이 무릎을 꿇으며 양팔을 올렸다.

"당신의 종 모리틴이, 위대한 귀계의 주인을 뵈옵니다!"

노인이 웃으며 대답했다.

"호호호. 모리틴, 수고했어요. 제가 시킨 일을 잘도 해냈군요."

칭찬을 들은 모리틴이 감격의 눈물을 흘리며 계속하여 만세를 불렀다.

그것을 보며 레기온은 단 한 가지를 생각했다.

'가야 한다! 가서, 오대성력의 후인들에게 이 사실을 알려야 한다! 현계가 존속되려면 그들밖에…….'

거기까지 생각하던 레기온의 눈 바로 앞에 대승정이 나타났다.

"크읏!?"

화들짝 놀란 레기온이 급히 뒤로 뛰어서 대승정과 거리를 벌렸고, 대승정은 여전히 웃는 낯으로 말했다.

"이런이런. 레기온, 날 실망시켰어요. 이렇게 배신할 줄이야……."

그렇게 말하며 대승정이 손을 한차례 휘저으니 레기온이 무형의 무언가에 얻어맞아 삽시간에 피투성이가 되어 뒤로 날아갔다.

*　*　*

오대성력의 후인들과 다솔이 함께 섞여 수련을 하던 곳에 한 명이 더 등장했다.

바로 정민호였다.

물론, 아직도 다솔에 비하면 약하지만 정민호도 충분히 강하기에 함께 어울리며 수련하는 데에는 크게 어려운 점이 없었다.

그날도 여느 날처럼 수련에 힘쓰고 있는데, 광륜선원으로 피투성이의 남자 하나와 여자 둘이 들어왔다.

"저들은……."

은수가 가장 먼저 발견하고 한 말에, 다들 그들을 쳐다봤다.

"에젤린!"

다솔이 반가움에 소리치고, 에젤린은 우아하게 치마를 들어 올리며 인사했다. 하지만 그녀의 표정은, 언제나와 같이 냉정하고 여유로워 보이지 않고 어딘가 쫓기는 느낌에 긴장이 가득했다.

그리고 무엇보다.

그 강한 레기온이 피투성이 상태였다. 느껴지는 귀기도 미약한 것이, 곧이라도 소멸할 것만 같다.

때를 같이하여.

어딘가 경박한 느낌의 중년 남자와 섹시한 이미지의 여자도 등장했다.

그 남자를 보자마자, 은수, 소영, 은창은 화들짝 놀라며 그에게 달려갔다.

"아버지!"

"아빠!"

하지만 예웅종은 그다지 어울리지 않는 진지한 표정으로 손을 내저으며 말했다.

"재회의 감격은 나중에 얘기해도 된다. 지금은 우선, 중요한 이야기를 해야겠구나."

그리고 이때 레기온이 말했다.

"그가, 현신했다."

이 갑작스러운 상황들에 제대로 적응하지 못한 은창이 레기온을 보며 말했다.

"그? 그게 누군데?"

이번엔 에젤린이 말했다.

"대승정. 그가 왔어."

아직도 제대로 파악을 못하고 있던 이들에게 은수 삼남매의 엄마인 민소희가 다시 말해줬다.

"귀계의 주인. 최강의 마귀. 그가 현계로 왔다."

말이 끝남과 동시에.

갑자기 뒤쪽에서 포근하면서도 어딘가 경망스럽게 느껴지

는 웃음소리가 들렸다.

"오호호! 이거이거, 굳이 찾아다니는 수고를 하지 않아도 되게. 친절하게도 한곳에 모여 계셨군요."

그렇게 말하며 나타난 것은, 바로 대승정이었다.

배가 볼록 튀어나온 푸근한 몸매에, 웃으면 눈이 안 보이는 인상의.

그런 대승정의 뒤로, 강시 하나와 빼빼 마른 주술사 한 명도 보인다.

바로 강시대제와 모리틴이었다.

그들을 보면 누구나 마귀란 것을 깨달을 수 있을 것이다.

"저자가…… 대승정?"

Chapter 14

마지막 싸움

은창의 중얼거림.

그리고 대승정은 데스티와 에젤린을 쳐다봤다.

"예상은 했지만 그래도 실망스럽군요. 역시……. 인간에게서 난 마귀란 결국 이런 건가요? 그대들도 배신을 했군요."

그렇게 말하며 대승정이 에젤린을 향하여 손을 뻗으니, 에젤린이 무형의 뭔가에 얻어맞아 피투성이가 되어 뒤로 날아갔다.

"에, 에젤린!"

은창이 소리치고.

대승정이 이번엔 데스티를 향하여 손을 뻗었고, 마치 호랑이 앞에 선 토끼마냥 옴짝달싹도 못하고 있던 데스티가 눈을 질끈 감았다.

그 순간, 은수가 벼락같이 움직였다.

부적 다발을 꺼내 던지면서 대승정의 공격을 막고, 굳어 있던 데스티의 곁으로 가 그녀의 허리를 안고 다른 쪽으로 피했다.

"엇?"

소영이 놀란 소리를 냈다가 이내 '흐흐' 하며 음흉한 웃음을 흘렸다.

"아아! 마귀와 인간의 애절한 러브스토리는 시작되는가, 가, 가~"

그 순간 은수가 소영을 죽일 듯 노려보니, 무서워진 소영은 혀를 낼름 내밀며 입을 다물었다.

입을 연 건 대승정.

"우리 사이에 긴 이야기를 할 것이 없지요. 자, 시작합시다. 여러분을 모두 죽이면 현계는 끝이니까요. 호호호."

말이 끝남과 동시, 강시대제와 모리틴이 움직임을 시작했다.

그렇게 싸움은 시작되었다.

강시대제는 강인한 육체와 무지막지한 힘이 무서웠고, 모리틴은 뭔지 알 수도 없을 기괴한 주술들을 연속하여 사용해 퇴마사들을 괴롭혔으며, 대승정은…….

"크! 강하긴…… 강하네."

뚱뚱하고 외모도 무슨 KFC에 서 있는 켄터키 할아버지 같은 느낌이다. 속도도 그리 빨라 보이지 않는데, 상대하기 여간 까다로운 것이 아니었다.

무엇보다.

무형의 무언가!

그 어떤 타격이 시든 때도 없이, 전조도 없이 일어나곤 해서 상대하기 너무 힘들었다.

게다가 그 위력도 엄청났다.

은수나 소영, 이린 같은 경우 아무런 대비 없이 직격 당하면 일격에 즉사를 당할 정도이다.

"그런데…… 생각보다, 그리 강하진 않은데?"

싸우던 와중에 은창이 한 말이다.

이제 그는 혼자서 대승정을 전담하여 상대하고 있었는데, 그럼으로 인해서 은수와 소영 다솔 등이 강시대제와 모리틴을 협공할 수 있어서 전세가 점차 유리해졌다.

하지만 또 한 번 달라지는 상황이 왔으니.

강시대제가 갑자기 괴성을 지르며 만세 부르듯 어떤 포즈를 취하더니. 머리의 모자가 하늘로 날아가고 머리카락은 산

발이 되며, 입에 송곳니가 길게 빼어나온 순간이었다.

여태까지보다 무려 세 배만큼이나 더욱 강해진 강시대제에 의해 점차 수세에 몰리고.

정민호가 가장 먼저 옆구리에 긴 상처를 입어 제대로 움직이지 못하게 되었으며 은수와 소영 역시 크고 작은 부상을 입어버렸다.

대승정과 싸우던 은창은 몸을 빼낼 수 없었으니, 다른 쪽 상황이 안 좋아질 때마다 은창은 입이 바짝바짝 말랐다.

그런데 이때. 소영이 이를 악물고 또 하나의 시도를 했다.

세 번째 강신을 한 것이다.

두 번째 강신인 곽재우만 해도, 그 신령이 너무나 강하여 소영과 다솔 양쪽에게 큰 부담을 지워주곤 했었다.

그런데 세 번째 강신이라니. 어쩌면 더욱 강한 신령이 오고 그 신격에 밀려 다솔과 소영의 영혼이 소멸될 수도 있었다.

"하자, 다솔아!"

"……알았어, 언니. 어차피 이래 죽으나 저래 죽으나!"

그리고 곧, 강신의 술이 완료되었다.

이제 은수의 도움을 받은 진법도 필요 없이 소영 혼자서 가능했다.

고오오오오오—

강신이 끝났을 때.

고개를 푹 숙이고 있던 다솔이 고개를 번쩍 들었다.

그 눈에는 세상 모든 것도 다 파괴하고 발아래 둘 듯한 강력한 패기가 실려 있었다.

더불어 사방의 모든 흙이며 돌들이 허공으로 떠오르기 시작했다. 이 모두, 다솔의 몸에서 폭발적으로 뿜어져 나오는 강력한 기공 때문이었다.

심지어 엄청나게 강력해진 강시대제와 모리틴마저 다솔을 보고 뒷걸음질을 칠 정도였는데, 은창에게 밀리는 상황임에도 여유를 전혀 잃지 않고 있던 대승정이 다솔을 보며 말했다.

"오호호. 놀랍군요. 이 정도의 신격이라니! 대단해요."

"아가리 닥쳐라, 더러운 마귀야."

다솔이 한 말이었다.

목소리가 걸걸하고 도전적이기 그지없었다.

곧 다솔이 검으로 강시대제를 겨누며 말했다.

"하핫! 네놈, 네놈이 딱이다. 그 푸르딩딩한 몸뚱어리를 나 척준경이 난도질해 주마!"

이미 무저영력이 엄청나게 빠져나가며 탈진 상태에 가까워졌던 소영이 눈을 동그랗게 뜨며 말했다.

"처, 척준경? 소드마스터 척준경!?"

척준경.

한국의 역사서에 기록된 가장 강한 인물이다.

혹자는 너무 많이 부풀려져 있다며 모두 거짓이라고 말하기까지 한다. 하지만 그 기록들은 모두 공신력 높은 정사에서 적힌 것들이니 어찌 거짓이겠는가?

그는 혼자서 적진에 들어가 적 장수의 목을 베어오곤 했었으며, 심지어는 적의 성에 홀로 성벽을 타고 들어가 병사들을 죽이고 문을 열기도 했었다.

삼국지의 여포, 초한지의 항우.

그들에 비교하여도 전혀 뒤지지 않을 무시무시한 무위를 기록했던 인물이다.

그렇기에 현대의 사람들은, 다소 우스꽝스러운 느낌으로 소드마스터 척준경이라 부르기도 할 정도다.

그 척준경이 다솔의 몸에 강신했다!

서걱— 서거거거거걱!

무지막지하게 강했던 강시대제지만, 척준경이 강신된 다솔의 상대는 되지 않았다.

마치 무협소설에서나 나오는 강기처럼, 무언가 알 수 없는 오러를 검에 잔뜩 담은 척준경은 미칠 듯 단단했던 강시대제의 몸을 두부 자르듯 잘라 버렸다.

그리고 뒤이어, 강시대제의 몸이 연기처럼 변하여 사라졌다. 소멸한 것이다.

그것을 보고 척준경이 고개를 하늘로 젖혀 웃었다.

"하하하하하하! 마귀 놈들. 어떠냐, 이 척준경님의 힘이!"

거기까지 말한 순간, 갑자기 척준경이 몸을 뒤틀었다.

"큭! 뭐, 뭐야. 벌써 강신이 끝나? 으으, 이 허약한 것들!"

그 외침과 함께 척준경의 강신이 끝났고 다솔과 소영은 동시에 주저앉아 가쁜 숨을 몰아쉬었다.

"우와, 더럽게 힘드네 진짜. 이린! 부탁해!"

"알았어요, 언니!"

사람들의 상처를 치유하고 있던 이린이 다솔과 소영의 피로와 힘을 회복시키는 데 주력하고, 은수와 리도진 등은 질 수 없지란 마음으로 모리티를 공격했다.

그리고 싸움은 계속하여 이어졌다.

무려.

3시간 동안이나.

이사이 모리틴은 목숨을 잃었고, 남은 적은 대승정뿐이었는데. 퇴마사들이 모두 지쳐서 숨을 헐떡거리는 반면 대승정은 처음과 별반 다르지 않았다.

여전히 여유로웠다.

이제 이린의 치유력도 바닥이 나서 더 이상 치료해 줄 수 없는 상황.

싸우며 데스티에 에젤린도 그들을 도와 같이 대승정을 공격했고, 예웅종과 민소희까지 합류했음에도 대승정을 쓰러뜨릴 수가 없었다.

무엇보다 당혹스러운 점은.

은창이 간혹 유효타를 적중시켜 대승정의 몸을 박살 내고 날려 버리면, 마치 진흙을 다시 뭉치는 것처럼 순식간에 재생되어 버린단 점이었다.

더구나, 다른 마귀들은 그렇게 되면 전체 귀기라도 줄어드는데 대승정은 그렇지도 않았다.

아무리 큰 상처를 받고 재생을 해도 귀기가 0.001%도 소모되지 않는 듯했다.

"무한의…… 귀기?"

은수가 그렇게 중얼거리고, 사라져 가는 자신의 귀기를 애써서 붙잡으며 버티고 있던 레기온이 말했다.

"지금 저건 본체가 아닌 거다."

"뭐라고?"

"그래. 뭔가 이상했었다. 본래 대승정은 저것보다 훨씬 강하다. 그런데 지금은 그렇지 않지. 난 그게, 대승정이 우리를 갖고 놀고 있다 생각한 거였는데…… 그게 아니었다. 본체는 귀계에 둔 채로 분신을 이곳에 보낸 것이다."

"마, 맙소사……."

소영이 놀라서 중얼거리고, 예웅종이 말했다.

"어쩌면 더 나은 것일 수도 있다."

지금 싸움은 은창과 다솔이 함께 대승정을 상대하고 있었다. 사실 나머지 인물들은 각기 크고 작은 상처를 입고 힘도 많이 소진하여 제대로 싸우기도 힘든 상황이었다.

"더 낫다니, 무슨 말이야 아빠?"

소영의 물음에 예응종이 말했다.

"지금 당장. 나랑 네 엄마가 통로로 가서 현계와 귀계를 잇는 그곳을 막아버릴 것이다. 그러면 본체와의 연결이 끊긴 저 분신도 더 이상 활동하지 못하겠지."

예응종은 이미 귀계로 가는 방법을 아는 상태였다.

그간, 자식들에게도 자신의 행적을 알려주지 못할 정도로 바쁘게 움직이며 여러 자료를 수집하고 조사한 결과. 그러한 방법을 알아냈던 것이다.

예응종의 물음에 레기온이 코웃음 쳤다.

"또 같은 실수를 거듭하려 하는가?"

"같은 실수라고?"

"그래. 너희는 전에도 그렇게 통로를 막았고, 귀계와 현계는 따로 나눠졌다. 하지만 그 누가 어떻게 해도, 그렇게 통로를 막는 건 영원할 수 없다. 언젠가는 다시 열리게 되어 있지. 그리고 그 결과가 무엇이냐? 인간들은 마귀를 잊고 평화를 누리다. 지금처럼 마귀에 대한 대항력을 한참이나 상실하여 이리도 허무하게 무너졌다. 장차, 또 같은 일을 되풀이하고 싶은가?"

"하지만……."

레기온이 딱 잘라 말했다.

"대승정을 죽여라. 귀계에 직접 가서, 본체를 죽이는 거다. 그러면 귀계와의 통로를 막지 않아도, 현계를 지킬 수 있다."

레기온의 말에 모두의 말문이 막혔다.

예응종이 말했다.

"그래, 그리되면 가장 좋겠지! 하지만 그걸 어떻게 한단 말이냐? 과연 누가 할 수 있지? 말처럼 쉬운 게 아니다!"

이때.

레기온이 힘겹게 팔을 들어, 은창을 손가락질했고 그와 동시에. 대승정과 싸우고 있던 은창이 말했다.

"내가 갔다 올게요. 나, 할 수 있을 것 같아요."

가장 먼저 은수가 소리쳤다.

"안 돼, 안 된다! 차라리 내가 가겠다."

소영도 나섰다.

"그래. 막내 네가 그런 델 왜 가? 내가 갈 거야! 내가!"

형과 누나가 자신을 걱정하여 하는 말에, 은창은 자신도 모르게 미소를 지었다.

하지만 이내 고개를 저으며 말했다.

"아냐. 내가 적임자야. 귀기를 느끼는 것도 내가 제일 뛰어나고, 속도에 있어서도 그렇잖아? 귀계가 어떤 크기인지 모르겠지만, 나라면 대승정의 본체를 찾아서 죽이고 다시 빠르게 귀환할 수 있어. 내가 적임자야."

그리고 실제로 은창이 퇴마사들 중에서는 가장 강했다.

그것도 압도적으로.

민소희가 입술을 깨물며 말했다.

"아들! 자신 있어?"

"네, 엄마! 충분히요. 반드시 대승정을 죽이고 돌아올게요."

싸우면서 듣고 있던 대승정의 분신이 비웃었다.

"오호호호! 말을 쉽게도 하는군요. 당신들 따위가, 나의 땅인 귀계에 와서 나를 죽일 수 있을 것 같습니까?"

"시끄러. 이 돼지야. 두고 보라고, 곧 찾아갈 테니."

그렇게 말하고, 은창이 그나마 좀 쉬면서 힘을 회복하고 있던 리도진과 데스티, 에젤린을 불러서 대승정의 분신과 싸우게 했다.

"아빠! 문, 열어줘요."

은창의 말에, 예응종이 은창을 꽉 안아주었다.

"아들! 꼭 살아 돌아와라."

예응종이 은창을 놓자마자, 이번엔 다솔이 그를 안았다. 그리고 은창이 뭐라 할 새도 없이, 갑자기 고개를 돌려 은창에게 키스했다.

"……바보야. 꼭 돌아와. 기다릴게."

눈물 젖은 다솔의 얼굴.

그걸 보며 은창이 천천히 고개를 끄덕였다.

"알았어, 다솔아. 꼭 돌아올게."

은창은 다솔의 손을 꽉 잡아주었고, 곧 민소희와 예웅종이 손을 맞잡고 독특한 주문을 외기 시작했다.

이번엔 은수가 말했다.

"은창. 네게 큰 부담을 지우는 것 같아서 미안하다만 우리에겐 시간이 없다. 이대로라면 고작 2시간. 2시간이 되기 전, 우리는 저 대승정의 분신을 막아낼 수 없게 될 거야. 그때까지 네가 본체를 처리하지 못하면, 우린 전부 죽는다. 그 시간을 꼭 명심하고 있어라."

"알겠어, 형."

그렇게 말하며 은창은 자신이 손목에 차고 있던 전자시계에 2시간의 타임 리미트를 설정해뒀다.

이때.

우웅— 우웅— 우우웅—

기이한 공명음과 함께.

예웅종과 민소희가 손을 맞잡고 있던 위쪽으로 불길한 붉은색으로 이루어진 통로 하나가 스윽 생겨났다.

그리고 민소희가 예응종의 손을 놓으며 말했다.

"은창아. 네가 귀계 안으로 뛰어들면, 우리도 통로의 중간쯤으로 가서 대기하고 있을 거야. 혹여나, 네가 실패하거나 두 시간이 지나도 성공하지 못하면 통로를 막아버리기 위해서."

이때. 은창의 체력과 금양보력을 회복시켜 주고 있던 이린이 말했다.

"오빠, 됐어요!"

이린을 향해 고개를 끄덕인 은창이 이번엔 엄마를 보며 말했다.

"알겠어요 엄마. 시간이 없으니…… 갈게요."

은창은 비공익을 전개하고, 통로 안으로 들어갔다.

그것을 보며, 레기온이 말했다.

"예은창. 너라면…… 너라면 분명 대승정을 쓰러뜨릴 수 있을 것이다."

그 말을 끝으로 레기온의 전신이 연기로 변하여, 소멸했다.

수와아아앗—!

귀계는 공기부터가 달랐다.

어딘가 후덥지근하고 불쾌한 느낌.

은창은 최대한의 속도를 발휘하여 통로를 통과하고, 지구에서 할 때처럼 속도를 줄이지 않은 채, 자신이 최대한으로 가속하고 있던 속도 그대로 땅에 내려섰다.

꾸과과과광!

마치 핵폭발이라도 일어난 것처럼, 거대한 흙먼지가 하늘 높이 치솟아 올랐고, 사방 10㎞ 반경으로 거대한 반구가 생겨났다.

물론, 그 안에 있던 모든 마귀는 소멸하였다.

"찾아볼까, 대승정?"

정신을 집중하니, 저 멀리.

아주 강대한 기운이 하나 느껴졌다.

"저기구나. 가자!"

은창은 비공익을 통하여 날아서 대승정이 있는 곳으로 향했고, 그사이 갖가지 비행형 마귀들이 수도 없이 날아와 은창의 진로를 방해했다.

그들 모두를 속도 하나도 줄이지 않은 채 처리하며, 은창이 드디어 대승정의 앞에 당도하였다.

"오호호호! 참으로 어리석은 인간이군요. 나를 이길 수 있을 것이라 생각합니까?"

분신과 비교하여 다른 점은 없었다.

적어도 외형적으로는 말이다.

하지만 본체에서 뿜어져 나오는 힘은, 그 힘만으로도 지구를 쪼갤 수 있을 정도로 강대하고 깊었다.

전신이 찌릿찌릿하고 울리는 것을 느끼며 은창은 주먹을 꽉 쥐었다.

그리고 지금 이 순간 자신에게 무엇보다 큰 힘이 되어줄 존재들, 항마법승들을 소환했다.

팟! 팟—! 팟팟팟팟팟팟!

무려 삼백의 항마법승이 소환되어 은창과 대승정을 가운데에 두고 진을 형성했다.

이들이 형성한 진법은 대승정의 힘을 깎아줄 것이며, 밖에서 은창을 노리고 공격해 올 마귀들을 막아주기도 할 것이다.

"그래. 어디 한 번 해볼까. ……이기는 건 결국, 우리 인간들이야!"

그리고 대승정과 은창이 격돌을 시작했다.

에필로그

한 장의 사진이 있었다.

가운데에, 턱시도를 입은 은창과 예쁜 드레스를 입은 다솔이 있다.

다솔은 평소의 콤플렉스를 이겨낸 듯, 가슴에 붕대를 감지 않아 글래머러스한 몸매가 웨딩드레스 밖으로도 여실히 드러나고 있다.

그런 그들의 뒤쪽에는 어딘가 샐쭉한 표정의 보람, 이린, 에젤린이 서 있다.

은수와 소영은 대견하단 표정으로. 각자 나PD와 데스티를 옆에 둔 채로 서 있고, 리도진은 익살맞은 표정으로 웃고 있다.

예웅종과 민소희는 서로 가장 먼 곳에 서서 고개를 돌려 서로를 외면하고 있었으며, 가장 뒤편에는 테디와 정민호가 서서 보람을 쳐다보고 있었다.

그 외에도 은창과 다솔을 아는 사람들이 모두 이 사진 한 장에 담겨 있었는데, 이 사진 뒤에는 이렇게 써 있었다.

은창♡다솔

검은 머리 파뿌리 되도록~

『헌터문』 완결